氷の騎士がベッドの上では可愛いことを私だけが知っている

nori.

Illustration
藤浪まり

eR
eロマンス ロイヤル

Contents

Koorino kishiga bedno uedewa
kawaiikotowo watashidakega shitteiru

CHARACTERS

アレクシス

侯爵家子息。二十三歳。生真面目な性格であり、女性の影が一切ないことから、周りからは「氷の騎士」と呼ばれている。不眠に悩んでいたが、エリシアと出会い――？

エリシア

伯爵令嬢。二十歳。両親が無実の罪で投獄され、幼い弟と生きていくために高級娼館で働くことになった。おっとりとした性格だが、大切なものを守る芯の強さを持っている。

カミラ

高級娼館『フォルトゥーナ』の先輩娼婦。
エリシアに冷たく接するが――？

ミゲル

エリシアの年の離れた弟。五歳。

素直で頑張り屋な性格。

ギルフォード

アレクシスが所属する騎士団の団長。

エリシアの父の元上司で、行く当てがないエリシアたちを助けてくれようとするが――？

シルヴィア

高級娼館『フォルトゥーナ』の女主人。

年齢不詳な色っぽい美人。行く当てなく途方に暮れていたエリシアをミゲルとともに住み込みで雇い入れた。

Koorino kishiga bedno uedewa
kawaiikotowo watashidakega shitteiru

序章

『氷の騎士』との秘密の情事

蠟燭《ろうそく》の薄明かりに照らされたとある一室。

室内には植物をモチーフとしたセンスの良い壁紙が貼られており、壁際には洗練されたデザインの鏡台やソファが並んでいた。出窓に置かれた金属の皿の上には白い香木が入れられており、か細い煙と甘ったるい匂いを漂わせている。それらだけを見れば、まるで貴族の寝室のようだ。

だがここは娼館。

しかも——普通の男では立ち入ることすら出来ないほどの高級娼館だった。

事実、中央に置かれているのは、部屋の規模にそぐわないキングサイズのベッド。天蓋から下がる布の奥で二つの人影がうごめいた。

「エリシア……その、今日もいいだろうか」

「はい……アレクシス様……」

エリシア、と呼ばれた女性が頰を染めながらうつむく。

黒曜石のように艶やかな黒髪に、星を浮かべた夜空のような黒い瞳。少しあどけなさが残る顔立ちだが、うっすらと施した化粧がよく似合っている。真っ白な肌は薄暗い室内でも真珠のように輝いており、男なら――いや、女性であっても一度は触れてみたくなるような美しさだ。

エリシアは長い睫毛《まつげ》を伏せがちにして、たどたどしく自身の羽織ものに手をかける。薄い絹布のそれをベッドに落とすと、純白のナイトドレス姿を披露した。

「…………」

細い肩紐《かたひも》。両腕と鎖骨を露出し、胸の谷間を強調したデザイン。娼婦にふさわしい、煽情《せんじょう》的で大胆な衣装だ。しかもエリシアはその部分の発育が特に良く――ありていに言えば『巨乳』と呼ばれる見事なスタイルの持ち主であった。

向かいにいた男――アレクシスもまた、そのことはよく知っていたのだろう。だが何度見ても慣れることはないのか、ごくりと生唾を飲み込んでいる。

「……失礼する」

「あっ……」

腰にアレクシスの手が回り、ぐいっと彼の方に引き寄せられた。

エリシアの目に映るのは、自分とは対照的な銀の髪。切れ長の瞳はサファイアを思わせる濃い青色で、まっすぐに通った鼻筋は形のよい唇へと続いていた。この類《たぐい》まれなる美貌は、きっと骨格自体が整っているからなのね……とエリシアはぼんやり思考を巡らせる。

ちなみに、肌を露《あらわ》にした無防備なエリシアに対し、彼は上質な白いシャツと黒いパンツを着たままの状態だった。

(本当に……綺麗《きれい》なお顔……)

アレクシスはエリシアの胸元に手を伸ばしたかと思うと、谷間と襟ぐりのわずかな隙間に人差し指を差し込むようにして、ずるりとその布地を押し下げる。はち切れそうな状態で収まっていた双丘がぶるんっと飛び出し、彼の眼前に惜しげもなく晒《さら》された。

「ああっ」

「――綺麗だ」

女性らしい丸みを帯びた、完璧ともいえる大きな二つの膨らみ。その頂点には一つずつ、小さくて可愛《かわい》らしいピンク色の突起がついており――アレクシスはそれを無言のまましいっと凝視する。だがすぐに息を吐き出すと、そっと乳房の下側に己の手を添えた。

「んっ……」

剣だこのある硬い指先が、エリシアの柔肌を優しく撫《な》でる。たっぷりとした下側の膨らみから脇の下へと移動していくにつれ、ぞくぞくとした気持ちよさがエリシアの全身を襲った。声を上げないよう必死になって堪《こら》えていると、アレクシスが真面目な顔つきで尋ねてくる。

「痛くないか？」

「は、はい……」

やわやわと全体を愛撫《あいぶ》され、エリシアはためらいがちに応じる。成人男性――しかも、恋人でも婚約者でもない相手におっぱいを揉《も》まれているという状況は、正直顔から火が出るほど恥ずかしい。

だがここはそもそも、そういう目的の場所だ。

（でも……ここばっかりなんて……）

アレクシスの熱視線を避けるべく、エリシアは顔を背けようとする。

だが次の瞬間、アレクシスが人差し指と親指でエリシアの乳首をこりっとつまみ上げてきた。途端に甘い刺激が走り、つい嬌声《きょうせい》を漏らしてしまう。

「やあっ……！」

思ったよりも寝台に響いてしまい、驚いたアレクシスがすぐに手を離した。それに気づいたエリシアは慌てて首を左右に振る。

「も、申し訳ありません！　その、大丈夫ですから」

「しかし……」

「続けてください。その……お仕事なので」

「…………」

アレクシスがどんな顔をしているのか確かめる勇気もなく、エリシアは真っ赤になったままベッドシーツに視線を落とした。彼はしばし沈黙していたが、再び先ほどの先端へ指を添える。艶々とした乳頭を指の腹で何度か往復したあと、そのまま二本の指で丁寧に刺激し始めた。

（やっ……恥ずかしい……）

初めのうちは柔らかかったそこが、彼の巧みな手技によってぷっくりと立ちあがる。腰に回されていたアレクシスの腕はいつの間にか解かれており、今はエリシアのおっぱいを両手で余すところなく堪能していた。

（でもまさか、胸を触られることがこんなに気持ちいいなんて……）

気づけばエリシアの股間は、何かを乞うようにきゅんきゅんとひくついていた。だがその興奮を悟られないよう、彼の両肩に手を置いたまま必死になってやりすごす。

するとアレクシスは二つの双丘を下から捧げ持ち――そのままゆっくりと上体を屈《かが》めると、片方の乳首にちゅうっと吸いついた。

「あんっ……！」

けして歯は立てず、むちゅ、むちゅっと口先でついばむように何度も乳首を舐《な》め上げる。

その感触は指で触られている時とは全然違い、柔らかい唇と唾液によるぬるぬるとした感触と、耐えず繰り返される微弱な快感に、エリシアはたまらず身もだえてしまった。

「っ、だめ、アレクシス様、そんなに吸っちゃっ……」

「んっ……」

エリシアの懇願も、彼にとっては性欲を増幅させる媚薬《びやく》に過ぎないのだろう。ちゅう、ちゅぱ、じゅるるっといういやらしい水音が天蓋の中を満たし、アレクシスは何度も顔の角度を変えては、エリシアの胸へと夢中でむしゃぶりついていた。

その姿は、まるで乳を求める小さな子どものようだ。

(『氷の騎士』様が、こんな……)

真面目でクールで、女性関係の浮いた話一つないというアレクシスについた通り名。そんな彼がなりふり構わず、自分のおっぱいに耽溺《たんでき》しているという事実に、エリシアはかあっと頬が赤くなるのを感じ取っていた。

一方アレクシスは興奮が収まらないのか、はあ、はあと荒々しい息遣いと熱い呼気を吐きかけながら、エリシアの先端を強く吸い上げる。その急な刺激に、エリシアは胸元にあった彼の頭を思わずぎゅっと抱きしめた。

「つ、あああっ……！」

「――っ」

その瞬間、アレクシスの体がぶるるっと歓《よろこ》びに震える。それを感じ取ったエリシアもまた、自身の内側から湧き出してくる未知の感覚に体を捩《よじ》らせた。

（ああ……また……）

アレクシスとこうしている時間は、自分でもびっくりするほど気持ちがいい。

もっと強く彼に抱きしめられたい。

出来ることなら服越しではなく、直接その肌に触れたい。

でも――

（そんなこと、望んではいけないわ……。だってこれは、お仕事なんだから……）

恋人でも、婚約者でもない。高級娼館の娼婦とただの客。

彼が「飽きた」と言えば、明日にでも会えなくなってしまう薄氷のような関係だ。

（それに私は弟を――ミゲルを守らないと……）

すぐに冷静になり、エリシアはそっとアレクシスの頭を手放した。

少し落ち着いたのか、わずかに頬を染めている『氷の騎士』様を前に、エリシアはまるで聖母のような微笑《ほほえ》みを浮かべる。

「気持ちよかったですか？」

「……ああ」

「良かった……」

ぐしゃぐしゃに乱れた彼の前髪を、指先でそうっと直してやる。

恥ずかしそうにうつむく彼を見て、エリシアは慈しむように微笑むのだった。

第一章　生きるために

雄大な山々に囲まれた、王都から馬車で二時間ほどのグレンヴィル領。

その領主である伯爵邸の前に、一台の立派な馬車が停《と》まった。馬車から降りてきた一人の男性に向かって、黒髪の少女が嬉《うれ》しそうに駆け寄る。

「ギルフォードおじ様！　お待ちしておりました」

「エリシア、出迎えに来てくれたのか」

ぴょん、と飛びついてきたエリシアを、ギルフォードと呼ばれた男性が受け止めた。

騎士団の副団長というだけあって、騎士服の上からでも分かる精悍《せいかん》な体つき。日々の任務で焼けたのか、顔や腕は艶々とした褐色に輝いていた。瞳は夕日に似たオレンジ色で、短く刈り込んだ灰色の髪によく似合っている。

「随分大きくなったたな。今いくつだ？」

「先月、十になりました」

「早いな。このままだと、あっという間にレディになってしまいそうだ」

「ふふ。だといいのですが」

「なれるさ。エリシアなら特別美人になるだろうよ」

白い歯を見せて笑うギルフォードに抱き上げられたまま、エリシアははにかむ。そこにようやくエリシアの父――デイヴィット・グレンヴィルが姿を見せた。

「いつもすみません、こんな僻地《へきち》まで……」

「なに、仲間の様子を気にかけるのは上司として当然のことだろう。怪我《けが》で引退したとはいえ、お前はいつまでも俺の大切な部下だからな」

「ギルフォード殿……」

エリシアの父は若い頃、王立騎士団に所属していた。だが出兵先で重傷を負い、そのまま退職。領地に戻り、爵位を継いだという。ギルフォードはその時の上官であり、騎士団を辞めてからもこうして気にかけてくれる――という間柄だった。

「どうだ、最近の調子は」

「おかげさまで、どうにか暮らしております。ただ今年は冬が冷え込みそうで、十分な備蓄が確保出来るかという問題が……」

「ふむ。詳しい話を聞かせてもらおうか」

「おじ様、私とはいつ遊んでくださるのですか？」

「御父君との話が終わったらな」

ははは、と豪快なギルフォードの笑い声に、エリシアもまたつられたように微笑《ほほえ》む。

この時はまだ、普通の伯爵令嬢であった。

◆　◆　◆

それから五年の月日が流れ、歳《とし》の離れた弟――ミゲルが生まれた。

エリシアは優しい両親と可愛《かわい》い弟、大好きなおじ様や気心の知れた使用人たちに囲まれて、何不自由ない生活を送っていた。

だがその二年後、過去に例を見ないほどの大寒波が襲来。ギルフォードの援助もあって、領民たちが餓死することは避けられたものの――グレンヴィル伯爵家はかつてないほどの貧困に陥ってしまった。

そんなある日のこと――


「鉱床がある……と？」

「ええ。わたしも現場を見てきましたが、素晴らしい宝石が採れるかと」

伯爵邸にある応接室。

父親との会話を耳に挟みながら、エリシアは宝石商の前にそっと紅茶を差し出した。本来であればメイドがするべき仕事であるが、ここ最近の財政悪化により給金のめどが立たず、ほとんどの使用人を解雇していたからだ。

不安そうな父親に対し、宝石商はなおも強く交渉していく。

「色も輝きも一級品です。採掘量も数十年にわたって保証されるでしょう。領民の皆さまにも新しいお仕事を提供出来ますし、必要な運搬具などはわたしの方でご用意しますので」

「は、はあ……。ただ申し訳ない、あまりこういったことに詳しくなくて」

「無理もありません。どうでしょう？　もしこの事業、わたしに一任してくださるのでしたら、侯《こう》爵《しゃく》家に劣らぬ生活が出来るほどの利益をお約束いたしますが」

「しかし……」

どうやらグレンヴィル領内の山に、希少な宝石の鉱床が見つかったという話らしい。

採掘して加工すれば、莫大なお金を手に入れることが出来る。伯爵家はもちろん、領民たちの生活も潤うこととなり、今のグレンヴィル領にしてみれば願ってもない申し出だ。

だが――

（そう簡単に、上手《うま》くいくものでしょうか……）

父親が難色を示しているように、グレンヴィル家でそうした事業を興した経験はない。おまけに話を聞く限り、宝石の販売ルートや交渉などはすべて、この宝石商が取り仕切るという契約のようだ。

（王都にお店があると言っていましたが、お会いしたのは今日が初めてですし……）

紅茶に入れる砂糖を置きつつ、エリシアは宝石商の方にこっそりと視線を向ける。

まじまじと顔を見るのは失礼だろうと思い、黒い細身のパンツ、体の前で組んでいる両手、濃いグレーのシャツ、深いボルドー色のベスト――と慎重に目で追っていく。

やがて大きく開いた襟元のあたりで、エリシアは「あら？」と瞬《まばた》いた。

（やけどの痕？　大きくはないけれど、変わった形をしているわ）

宝石商の首元にあったのは古いやけどの痕。斜めに細く走っており、まるで赤いトカゲが這《は》っているかのようだ。そうしてまもなく顔が見える――というところで、宝石商が「こほん」と咳払《せきばら》いした。

「もちろん無理にとは申しませんよ？　ですが決断は急がれた方がいいと思います」

「急ぐ、とは……」

「わたしだって、慈善事業をしているわけではございません。宝石には流行《はや》り廃《すた》りがありますからね。ここぞというタイミングで捌《さば》ききれなければ、あっという間に二束三文の石ころになり果てることだって――」

「す、少し考えさせてくれ……」

（お父様……）

そっと振り返ると、父親は顔を蒼白《そうはく》にしたままうつむいている。

深刻な場にいることがいたたまれなくなり、結局宝石商の顔も確かめないまま、エリシアは逃げるように応接室をあとにしたのだった。


やがて父親は、宝石採掘に関する契約を取り交わした。

もちろん内容については何度も確認し、王都にある宝石商の店をわざわざ尋ねてまで慎重にことを進めていたようだ。実際、男は名のある宝石商だったらしく、父親が安堵《あんど》の表情を浮かべていたのをよく覚えている。

事業を始めるにあたり、運搬用の馬車、採掘に必要な道具などを購入。希望する領民たちを雇い入れた。だが当然それだけでは足りないため、宝石商が手配したという採掘夫・馬車夫らも領地に招き入れたところで、ついに鉱床の採掘作業が始まった。

最初のうちは不安がっていたエリシアだったが——宝石の譲り先が次々と決まり、それに見合った対価が支払われるにつれ、杞憂《きゆう》であったとほっとしたものだ。

「エリシア、見てごらん。これがうちで採れている『ヴィル・ガーネット』だ。実に見事な色合いだろう？」

「本当に……綺麗《きれい》ですね」

そう言って見せられた宝石は、今もまだエリシアの目に鮮明に焼きついている。

赤と紫が混じり合った、吸い込まれそうな魅惑の色彩。この絶妙な色と輝きであれば、手に入れたいと願う貴族は後を絶たないだろう。

(良かった……。やっぱり私の考えすぎだったのね)

領民たちは仕事を得て裕福になり、家にも以前の使用人たちが戻ってきた。

こうしてエリシアは伯爵令嬢としての生活を取り戻し、再び家族と幸せな日々を送る——はずだった。

『ヴィル・ガーネット』の採掘事業が始まってから三年後。

特に冷え込んだ冬のある日、エリシアは青ざめた表情で父親の書斎に向かっていた。ノックもそこそこに中に入る。室内には同じく悲愴《ひそう》な顔つきの父親と母親がおり、エリシアの姿を見た途端、ぎゅっと唇を噛《か》みしめた。

「お父様！　今玄関に、王立裁判所の役人という方が……」

「なんてことだ……まさか、こんなことになるなんて」

「あなた、ギルフォード様に助けていただくことは――」

「無理だ。手紙は送ったが、今は遠征で王都におられないらしい」

焦燥する二人を前に、エリシアはたまらず問いかける。

「裁判所の方が来られるなんて、普通ではありませんよね？　お父様、いったい我が家に何が起こったのですか？」

「…………」

父親はしばらく苦渋の顔つきをしていたが、やがて諦めたように告白した。

「騙《だま》されたんだ……あの男に」

「え？」

「あの宝石商だ。思えば最初から胡散《うさん》臭い奴《やつ》だった……。だけどまさか、宝石そのものをすり替えるだなんて……」

「宝石をすり替えた……？」

父親が異変に気づいたのは約一年前のこと。鉱山の担当者から、ある日突然「これ以上の採掘は難しい」という報告が来たそうだ。

「奴の見立てでは、数十年は大丈夫と言っていたんだ。実際、専門家からの証明書もあった。だが結局掘り始めて二年そこらで石は出なくなって……」

今思えば、偽造された証明書だったのだろう。宝石商が連れてきた職人たちはあっという間にいなくなり、長期事業を見越して購入した採掘道具や設備はすべて無用の長物となってしまった。あまりにあっけない幕切れに、両親は当然ショックを受けた。

だが「宝石がどれだけ採れるかなんて、宝石商も完璧には予測しえなかったのだろう」「これまでに売った宝石の利益は出ているから」と言い聞かせ、折を見て採掘事業から撤退しようと考えていたという。

そんな時――『これは詐欺ではないか』という手紙が届いたそうだ。

「うちの宝石を買った貴族の方が『とんでもない粗悪品を売りつけられた』とひどく立腹していてね。そんなはずはないと直接現物を見せてもらいに行ったんだが……『ヴィル・ガーネット』とは似ても似つかぬ石だったよ」

「そんな……どうして……」

そこにあったのは、値段もつけられぬほどの屑《くず》石。

父親はなにかの間違いだと必死に弁明したものの、本物の『ヴィル・ガーネット』を渡すよう強く要求されたそうだ。

「もちろん宝石商にはすぐに連絡を取った。でも王都にあった店はもぬけの殻で、書かれていた連絡先も全部でたらめで……」

販売は宝石商に一任していたため、宝石の現物は何一つ父親の手元になかった。保管していた倉庫などもあらかた探し回ったが、どうやらすべて外国へと売り払われてしまったらしく、買い戻そうにも国内の市場にいっさい出てくる気配がない。

焦った父親は仕方なく、慰謝料を上乗せして宝石の代金を返金した。だがこうした訴えが、次から次へと舞い込むようになってしまい――

「すまないエリシア、私がこんな話に乗らなければ……」

「お父様……」

「あなた、悪いのはあの宝石商です。それを説明すればきっと――」

だが母親の言葉を遮るようにして、乱暴なノックの音が書斎に響き渡った。すぐに扉が開き、裁判所の役人たちが押し入ってくる。

「デイヴィット・グレンヴィル、その妻ミモザ・グレンヴィル！　両名を、宝石売買における詐欺行為の被告人として連行する！」

「ま、待ってください！　話を……」

「うるさい！　いったい何件の訴状が上がっていると思っているんだ。ああ、それからこの邸《やしき》と家財一式は差し押さえさせてもらう。裁判の結果によって、支払われる賠償金に充《あ》てなければならんからな」

「そんなことをされたら、残された子どもたちが――」

「子どもより、自分たちの心配をするんだな。おい、連れていけ！」

上司らしき男の命令に従い、役人たちが両親を拘束する。それを見たエリシアは、慌てて彼らを引き留めた。

「やめてください！　悪いのは宝石商の男です！　両親は騙されていただけで――」

「じゃあその宝石商とやらを裁判所に連れてくるんだな。まあどうせ偽名だろうし、そう簡単に捕まるとは思えんがね」

「っ……！」

冷酷に見下ろされ、エリシアは思わず唇を引き結ぶ。すると部屋の外から、今年五歳になる弟――ミゲルの泣き声が聞こえてきた。エリシアが父親の方を見ると「早く行け」とばかりに目配《めくば》せされる。

（ミゲル……！）

後ろ髪を引かれつつも、エリシアは両親を残して書斎を飛び出した。

辺りを見回すが、普段なら待機しているはずの使用人たちの姿がない。どうやら役人がすべて追い出してしまったようだ。

（どうしてこんなことに……）

慌ただしく階段を駆け上がり、二階にある子ども部屋へと入る。そこでは別の役人たちが、ミゲルの持っていた絵本を取り上げているところだった。

「何をしているのですか!?　こんな小さな子相手に――」

「お姉様……！」

涙目で駆け寄ってきたミゲルを抱きしめ、エリシアは役人たちを睨《にら》みつける。だが役人たちは冷たく一瞥《いちべつ》したあと、絵本やおもちゃを乱暴に箱に投げ入れた。

「この家のものは、すべて王立裁判所の管理下に置かれる。いっさい手を触れず、ただちにこの邸から立ち去りなさい」

「……っ」

バサッ、とミゲルの大好きだった絵本がまた一つゴミのように放り投げられる。その残酷な光景を、二人はただ黙って見つめることしか出来なかった。


その日の夕方。

両親を乗せた裁判所の馬車が去り、邸の前にはエリシアとミゲルだけが残された。冷たい風の中、立ち尽くすエリシアの袖をミゲルがそっと引っ張る。

「お姉様……おうち、入らないの？」

「……ここはもう、私たちの家ではないの。だから入ってはいけないのよ」

「どうして？　それにお父様とお母様は……」

「…………」

どう説明すればいいか分からず、エリシアはミゲルの手を握り返す。するとそこに、力強い蹄《ひづめ》の音が近づいてきた。

(馬？　もしかして――)

エリシアはすがるような思いでそちらに駆け出す。馬から下りてきたのは父の上司――出世した今、騎士団長となったギルフォードだった。

「エリシア！　それにミゲルも……。二人とも無事か、怪我はないか？」

「ギルフォードおじ様……」

「デイヴィットから手紙を貰《もら》って急いで戻ってきたんだが……間に合わなかったか」

「本当に無実なんです！　父も母も騙されていただけで、悪いのはあの、宝石商の男で……」

ギルフォードの姿を見て、張りつめていた緊張が緩んだのだろう。強い口調で両親の冤罪《えんざい》を訴えていたエリシアだったが、やがて涙混じりの声に変わっていく。それを見たギルフォードは、すぐさまエリシアを抱きしめた。

「分かっている。あいつは人を騙すような男じゃない」

「……はい」

「とりあえず、ここにいても寒いだけだからな。今日は俺の家に来るといい」

「ありがとうございます、おじ様……」

力強いギルフォードの腕に抱かれながら、エリシアはまたも涙を零《こぼ》すのだった。

太陽が山の向こうに落ち、満天の星が輝く冬の夜。

エリシアとミゲルのきょうだいは、王都にあるギルフォードの邸に到着した。

「寒かっただろう。まずは湯あみか。あとで着替えを準備させる」

「本当にすみません、何から何まで……」

「気にするな。俺にとっては、二人とも本当の子どものようなものだからな」

ギルフォードに何度もお礼を言い、ミゲルと一緒に体を綺麗にする。ここに来るまで必死で気づいていなかったが、エリシアの全身は氷のように冷え切っており、浴槽の温かいお湯が骨の髄にまで染みわたるようだった。

脱衣所で体を拭いていると、メイドが二人の新しい服を持ってきてくれる。それらに慌ただしく着替えたあと、ダイニングに用意されていた柔らかい牛肉のシチューとパンを食べ、一階にある来客用の部屋へと案内された。

「しばらくはこちらをお使いください、とのことです」

「ありがとうございます。ところであの、ギルフォード様は今どちらに……」

「旦那様でしたら、二階の書斎におられるかと」

部屋に入ると、ミゲルはすぐにうとうとと舟をこぎ始めた。よほど疲れていたのだろう。ベッドに入ってまもなく、すやすやと寝息を立てていた。

(ごめんねミゲル、無理をさせて……)

ミゲルが完全に眠ったことを確認し、エリシアはそっと立ち上がる。音を立てないよう静かに部屋の扉を開閉すると、そのままギルフォードがいるという二階の書斎に向かった。

（おじ様に、あらためてお礼をお伝えしないと……）

だが歩いている途中、廊下の奥から女性の声が聞こえてきた。どうやら書斎でギルフォードとその妻が言い争いをしているようだ。

「——いったい何を考えているんです!?　犯罪者の子どもを引き取るだなんて!!」

「しかし、あの場に残しておくなんて出来んだろう」

（私たちのことだわ……）

エリシアは息を呑みながら、扉の傍《そば》でこっそり聞き耳を立てる。女性の語気はいっこうに収まらず、さらに怒りを露《あらわ》にしていった。

「子どもといったって、姉の方はもう立派な成人ですよ！　そのうえ下の子は男の子ですし……養子になんてしたら、うちの子はいったいどうなるんです!!」

「相続の権利は放棄すると一筆書かせればいい。二人だけのきょうだいなんだ。引き離すなんて出来るはずがない」

「そんな甘いことを言って、このままずるずると我が家に寄生されたらどうするんです！　あんな子たち、とっとと救貧院にでも入れてしまえばいいのよ。あなたがわざわざ面倒を見てやる必要なんて——」

「……っ」

そこまで聞いたエリシアはすぐさま踵《きびす》を返した。一階の客室に戻ると、眠っていたミゲルをそっと揺り起こす。

「ミゲル、起きて」

「お姉様？　どうしたの……」

「服を着替えて、すぐにここを出ましょう」

「えっ!?　でも、お外は寒いし……」

「私たちがここにいると、おじ様に迷惑をかけてしまうの。大丈夫。私がなんとかするから」

　渋るミゲルをベッドから引っ張り出し、元の服に着替える。鏡台の引き出しに入れられていた便《びん》箋《せん》を一枚引き抜くと、エリシアはギルフォードへの深い感謝とこれ以上迷惑はかけられないという旨を丁寧に書き記した。

　借りていた服とともにテーブルに置き、不安そうなミゲルの手をぎゅっと握る。

「さ、行きましょう」

　ギルフォードに気づかれれば、きっとまた引き留められてしまう——とエリシアは細心の注意を払って邸を出た。外は来た時以上に冷え込んでおり、ぶるるっと震えるミゲルをエリシアは優しく抱き上げる。

「救貧院に行きましょう。そこならきっと、受け入れてもらえるはず——」

　だがエリシアの期待とは裏腹に、救貧院の職員からはにべもなく断られてしまった。

「あいにくですが、貴族の方はお断りしておりまして」

「ですが家も家財も差し押さえられて、どこにも行くところがないんです」

「そんなの自業自得でしょう？　とにかくそういう決まりなんで」

あっさりと門前払いされ、エリシアは絶句したままうつむく。だがミゲルを不安にさせてはいけないと、すぐに明るく微笑んだ。

「他を当たりましょう。大丈夫、きっとどこか休めるところがあるはず――」

しかし宿代はおろか、防寒具一つ持っていない状態。おまけに若い女と小さな子どもという組み合わせは必要以上に目立ってしまい、厄介ごとを持ち込まれてはかなわないと、店の軒先にいるだけで追い払われることが続いた。

それでも根気強く尋ね歩いたものの――エリシア一人であればどうにでもなるが、幼いミゲルまで面倒を見ることは出来ない、と言われることが続き、二人は次第に絶望的な状況に追い込まれていった。

（どうしましょう……まさか、どこにも行き場がないなんて……）

やがて空から真っ白な雪が降り始めた。

三時間近く歩き回った疲労と、指先の感覚がなくなるほどの寒さに限界を感じ、エリシアは酒場の隣にあった簡素な厩舎《きゅうしゃ》へ転がり込む。どうやら店の客たちが、一時的に馬を預けておくための場所のようだ。

外よりは多少暖かいが、これからさらに気温は下がっていくだろう。

（私だけならまだしも、ミゲルは――）

隣に座っているミゲルの様子をそっと確認する。エリシアが大変なことを理解しているのか、彼は文句一つ言わず、ただひたすら寒さに耐え忍んでいた。だがその顔には不安が滲《にじ》んでおり、それを見たエリシアはたまらず弟を抱きしめる。

（いったい……どうすればいいの？）

すると厩舎の入り口に細長い人影が近づいてきた。怒られる、とエリシアが慌てて立ち上がったところで女性の声が飛んでくる。

「――驚いた。どうしてこんなところにいるんだい」

「すみません！　すぐに出て行きますので……」

服についた干し草を払い、ミゲルを連れて出て行こうとする。だがそんなエリシアを女性が呼び止めた。

「あんた、家は？　行くところはあるのかい」

「……………」

「こんな寒い日に小さい子抱えて……。見たとこ訳アリのようだけど、その格好じゃとても一晩明かせないよ」

エリシアは足を止め、女性の方を見る。

歳は母親より少し上だろうか。赤ワインのような深紅の髪を結い上げており、吊《つ》り目がちな大きな目とふっくらとした唇、口元にあるほくろが印象的だ。

おまけに大きく張り出した胸と引き締まった腰。それらを包む赤色のタイトなドレスは遠目に見ても分かるほど上質で、肩からは貴族の間でもなかなかお目にかかれない黒貂《セーブル》の分厚い毛皮をかけていた。

「分かっています。でも行くところがなくて……」

「旦那に追い出されたのかい」

「違います、その……」

エリシアは戸惑いつつも、これまでのいきさつを伝える。女性はじっとエリシアの話を聞いていたが、やがて「ふむ」と自身の顎に手を添えた。

「なるほど。それは災難だったね」

「ご無礼を承知で申し上げます。私に出来ることであれば、なんだってします。ですからどうかミゲルを――この子だけでも、助けていただけないでしょうか？」

神に祈るような気持ちでエリシアは女性に懇願する。女性はしばし値踏みするようにエリシアを眺めたあと――すっと目を眇《すが》めた。

「なんだってする、ねえ……。その言葉に偽りはないかい？」

「は、はい！」

「……顔はたいしたもんだ。化粧をすれば、さらに見栄えが良くなるだろうね。言葉の訛《なま》りもないし、まとっている雰囲気もいい。なにより――」

（……？）

心なしか、女性の視線が胸元に注がれている気がして、エリシアは小首をかしげる。

やがて女性が「いいだろう」と片笑んだ。

「合格だ。うちで働くなら、部屋を貸してやってもいい」

「本当ですか!?　その、弟も……」

「もちろん、一緒に連れてきな」

「っ……!」

その返事を聞いた瞬間、エリシアには女性が本物の女神のように見えた。寒さに凍りついていた体を勢いよく折り曲げると「よろしくお願いします!」と口にする。

それを見て女性は、再び「ふふっ」と破顔した。

「そうと決まればさっさと行くよ。あんた、名前は?」

「エ、エリシア・グレンヴィルと申します」

「エリシア……なら名前は『エリザ』にしようかね」

(……?)

会話の意味がいまいち分からないまま、エリシアは女性のあとをついていく。

王都の大通りを下っていき、一本奥まった裏通りへ。そこはいわゆる歓楽街らしく、一階はこぢんまりとした飲み屋、二階が簡易宿泊所という建物ばかり。歩いているのもひどく泥酔した男性や、脂粉《しふん》の香りを漂わせたきわどい格好の女性が多かった。

時折、店の裏手から怒鳴《どな》り声が聞こえてきて、今までこうした場所を訪れたことのなかったエリシアはさりげなくミゲルを自分の傍に引き寄せる。

(い、いったいどこまで行くのでしょうか……)

やがて前方に、ひと際大きくて目立つ建物が見え始めた。ここに来るまでに目にした家屋や宿屋とは全然違う。堅牢《けんろう》な石造りの二階建てで、入り口には馬車を寄せるための玄関ポーチまであった。まるで貴族の邸のような佇《たたず》まいだ。

するとと前を歩いていた女性が足を止め、くるりとエリシアの方を振り返った。

「さあ、着いたよ」

「えっ？　つ、着いたとは……」

「あんたの職場さ」

職場、とつぶやいたエリシアは、ぽかんとした表情でその立派な建物を見上げる。それを横目に、女性が唇の端を持ち上げた。

「ここは『フォルトゥーナ』――王都でもっとも格式高いと言われる高級娼館」

「高級……娼館……」

「そしてあたしはオーナーのシルヴィアだ。これからよろしく、『エリザ』？」

目の前に笑顔で手を差し出され、エリシアは反射的にその手を取ってしまう。だがすぐに滝のような汗が全身からぶわっと吹き出した。

（娼館ということは、ええと……）

田舎育ちのエリシアとはいえ、それがどういう場所なのかくらいは知っている。

そこで働くということは、つまり――。

（ど、どうしましょう……！）

がたがたと足が震え、思わずこの場から逃げ出したくなる。だが不安そうに見上げてくるミゲルの視線に気づき、エリシアはぐっと恐怖を呑み込んだ。

(……やらないと。だって私たちにはもうここ以外、行くところがないんだから――)

父と母の無実が証明される日まで、自分がこの幼い弟を守らなければ。

エリシアは静かに息を吐き出すと、シルヴィアの手をしっかりと握り返したのだった。

第二章　娼館での出会い

夜、娼館『フォルトゥーナ』のエントランスホール。

きらびやかに着飾った高級娼婦たちの前に、オーナーであるシルヴィアが歩み出た。そのあとに続くようにして、エリシアがおずおずと姿を見せる。

「今日からここで働くことになった『エリザ』だ。しばらくは一階の世話係をしてもらう。何かあれば言うように」

「よ、よろしくお願いします……！」

慌ただしく頭を下げたあと、おそるおそる顔を上げる。先輩にあたる女性たちの迫力に、エリシアの心臓はドキドキと大きな音を立てていた。

(皆さん、すごくお綺麗《きれい》な方……)

エリシアも伯爵令嬢だったので、貴族たちの集まるパーティーには何度か参加したことがある。だが今目の前にいるのは、そんな洗練された貴婦人たちに勝るとも劣らない美女ばかり。

手入れの行き届いた美しい髪に、華やかな容姿をさらに引き立てる完璧な化粧。スレンダーな人もいれば豊満なスタイルの人もおり、みな身に着けているのは一流の生地と職人によって仕立て上げられたオートクチュールのセクシーなドレスだ。

やがていちばん奥にいた金髪の女性と目が合った。しかし彼女はにこりともせず、そのままふいっとよそを向いてしまう。

（……やっぱり、嫌われています）

何か失礼なことをしてしまったのだろうか。だが会ったのは昨夜が初めてのはずだ。

エリシアは不安に駆られながらも、その場で曖昧に微笑《ほほえ》むのだった。

◆　◆　◆

挨拶を交わしたあと、シルヴィアは『フォルトゥーナ』を案内してくれた。

玄関を入るとすぐ、豪華なシャンデリアが下がったエントランスに出迎えられる。足元には真っ赤な絨毯《じゅうたん》が敷きつめられており、正面には二階に続く白い階段が延びていた。

「一階にあるのは待機客用の部屋だ。奥にギャラリーと遊戯室、書庫があって、順番を待つお客が時間を潰せるようになっている。ま、お忍びで来られる方が多いから、部屋に籠《こも》っていることが多いがね」

「なるほど……」

思わずメモを取りたくなるが、書くものがないので脳内にしっかりと刻み込む。豪勢だった外観同様、建物内もきらびやかな装飾で満たされていた。

長い廊下には、宝石が埋め込まれた花瓶や舶来品の絵皿といった高価な調度品が惜しげもなく並べられており、隣を歩くミゲルはまるで博物館に来たかのように目を輝かせている。

エントランスに戻ってきたところで、シルヴィアが階段を顎で指した。

「順番が来たら二階に上がって、それぞれの部屋に入る」

「それぞれの部屋といいますと……」

「もちろん、あんたらの部屋さ。最初のうちはいくつかの部屋を交代で使ってもらうが、指名客がつけば決まった個室を与えてる。好きな家具を置くなり、花を飾るなり好きにしな」

ふむふむと聞いていたエリシアだったが、その意味を理解した途端、思わず赤面した。

（つまりそのお部屋で男の人と……ということですよね……）

あられもない想像をしているエリシアを尻目に、シルヴィアはさらに足を進めた。先ほどとは反対の廊下を歩いて行くと、他より質素な部屋が現れる。

「ここが世話役の待機所だよ。あんたにはしばらくの間ここで雑務をしてもらう。客に茶を出したり、部屋を掃除したりね」

「それだけでいいんですか？」

「何の作法も知らない女を、大切なお客様にあてがうわけにはいかないだろう？」

「す、すみません……」

どうやらいきなり『そういうこと』をさせられるわけではなさそうだ。

エリシアが人知れず安堵《あんど》していると、シルヴィアが突き当たりにあった扉に手をかけた。どうやら中庭——建物の裏手に繋《つな》がっているらしく、狭い渡り廊下をミゲルとともに歩いて行く。

やがて表の建物とは似ても似つかぬほど古びた家屋が現れた。相当古い木造建築で、強い風が吹くだけで家鳴りがしそうな見た目だ。

「あの、ここは……」

「あんたたちが寝泊まりする寮だよ。一階に食堂と風呂場、二階にそれぞれの部屋がある」

ぎいい、と悲鳴のような音を立てながらシルヴィアが出入り口の扉を開く。中も外観そのままの老朽ぶりで、廊下を歩くだけで床板がぎい、ぎいと軋《きし》んだ。シルヴィアはそのまま二階へと上がると、いちばん端にある部屋の扉をコンコンと叩《たた》く。

「カミラ、ちょっといいかい」

「………………」

呼びかけのあと、しばらくしてドアノブががちゃりと回った。

中から現れたのは、ぼさぼさの金髪を下ろしたままの若い女性。安っぽいナイトドレスの上に黄ばんだウールの上着を重ねている。

「……ママ？　あたし、疲れてんだけど」

「休みのとこ悪いね。ちょっと新人の世話を頼みたくて」

「新人？」

女性の視線がすぐさまこちらを向き、エリシアは慌てて頭を下げた。

「はじめまして、エリシア・グレンヴィルと申します！　こちらは弟のミゲルで——」

「別に名前とか興味ないんだけど。で、何？」

「あんたに、この子の教育係をしてもらいたくてね」

「はあ？　なんであたしが」

「ここ最近、全然客を呼べてないだろう？　その分、他のことで働いてもらわないと」

「………………」

カミラと呼ばれた先輩娼婦は、ぎりっと歯噛《はが》みしたあとエリシアを鋭く睨《にら》みつけた。

「あたし、あんたみたいにぼけっとして、なんっも考えてなさそうな奴《やつ》、嫌いなんだよね」

「……っ！」

「はあ……。とりあえずここの一階の掃除、洗濯、ごみ捨て、飯の準備。全部、いちばん下っ端の仕事だから」

「は、はいっ！」

「まったく、なんであたしが……」

カミラはぼりぼりと頭を掻《か》いたあと、ばんっと乱暴に扉を閉めた。ぽかんとするエリシアを残し、シルヴィアは淡々と廊下を戻っていく。

「あんなだが、一年はいるから大抵のことは知ってるはずだ。分からないことがあったらなんでも聞くといい。それからここにいる間は『エリザ』と名乗りな。本名でも悪かないが、その方が何かと都合がいいだろう？」

「都合が……」

先ほどうっかり本名を口にしてしまったが、こういう場所では偽名を使うのが一般的だそうだ。しつこい客に身分を特定されるのを避けるため、プライベートを詮索されないためなど、ここで働く女性には色々と複雑な事情があるらしい。

やがてカミラの部屋の斜め向かいにある扉をシルヴィアが開けた。

「ほら、ここがあんたたちの部屋だよ」

中には今にも壊れそうなベッドとテーブル、くすんだガラスの鏡台が置かれていた。しばらく使われていなかったのか、カビとも埃《ほこり》とも言えぬ臭いが充満している。

「服はクローゼットにあるやつを勝手に着な。水は厨房《ちゆうぼう》か、中庭に井戸がある。他の嬢への紹介は明日の夜だ。それまで部屋で休んでおきな」

「あ、ありがとうございます！」

エリシアが頭を下げると、それを見たミゲルもおずおずとシルヴィアに向かってお辞儀をする。シルヴィアはそんな二人を前に「ふっ」と柔らかく微笑んだ。

「それじゃ、おやすみ」

シルヴィアがいなくなったあと、エリシアはすぐにミゲルを着替えさせた。誰かが着古したものばかりだったが、濡れて冷たくなった服を着たまま凍えるよりはよほど良い。

自身も毛玉だらけの夜着に袖を通し、窓を開けて少しだけ換気する。毛布とシーツを軽く整えたあと、二人はようやくベッドに入った。

「ミゲル、大丈夫？　狭くないかしら」

「平気だよ。お姉様の近くにいられて嬉《うれ》しい」

「ごめんね。私、なんとかするなんて言っておきながら、こんな……」

自身のあまりの情けなさに、鼻の奥がつんと痛む。しかしミゲルはふるふると首を左右に振ると、申し訳なさそうにうつむいた。

「ぼくの方こそごめんなさい。お姉様が大変そうなのに、何も出来なくて……」

「いいのよ。とりあえず、今は休みましょう」

「うん……」

弱々しいミゲルの声を聞き、エリシアはその体をそっと抱きしめる。子ども特有の温かい体温を感じながら、二人はあっという間に眠りについたのだった。

◆◆◆

こうしてエリシアの娼館生活が始まった。

「ようこそお越しくださいました。こちらでしばしお待ちくださいませ」

胸元にリボンがついた絹の白ブラウスに、ブラウンの上品なジャンパースカート。

最高級の茶葉で淹《い》れたお茶を待機客に出し、エリシアは楚々《そそ》と退室する。さすがに高級娼館というだけあって、訪れる男性客はみな立派な身なりの人ばかり。貴族や豪商、王宮の役人に騎士団の上席といったそうそうたる顔ぶれに、エリシアは待機部屋に入るたび緊張してしまう。

（これが終わったら、掃除道具を持って――）

お茶出しの合間には、使い終わった二階の部屋の掃除。

一仕事終え、先輩が玄関先で得意客を見送っている間に、すぐさま部屋に入って乱れたシーツや毛布などを交換する。室内には事後を意識させる独特の空気が残っており、男性経験のないエリシアは慣れるまでに随分と時間がかかった。

（次のお客様をお通しして、頼まれていた香木を買いに行かないと――）

接客、清掃、雑務とコマネズミのように動き回り、へとへとになって明け方寮へと帰る。だがエリシアの仕事はこれだけでは終わらなかった。

「ちょっと、頼んだたばこと違うんだけど」

「す、すみません！　もう一度銘柄を聞いてもよろしいでしょうか」

「これ洗ったの誰!?　ドレスしわくちゃなんだけど!!」

「私です！　すぐやり直します！」

「エリザー？　あたし、ブドウ食べたいって言ったわよね？」

「い、今すぐ買いに行ってきます……！」

寮で暮らす娼婦たちが起きてくるのは、太陽が昇りきった昼の時間。仕事中は華やかに着飾っている先輩たちだが、人目のない裏側では結構自堕落なもので、下着姿で食堂を歩き回る者や、酒の呑《の》みすぎで部屋から出てこられない者も多かった。

そしてカミラに言われていた通り、寮での世話はすべてエリシアの担当だ。

食事の準備に始まり、共有部分の掃除、仕事用のドレスや私服の洗濯、大量のごみ捨て、中庭の掃き掃除、トイレの清掃、買い出し――メイドが数人で受けもつような仕事を、エリシアはたった一人でこなす羽目になってしまった。

(人のための家事って、こんなに大変なんですね……)

メイドがいない生活を一時期経験していたため、身の回りのことは出来る自信があった。しかしさまざまな生地がごちゃ混ぜになった洗濯や、それぞれの好みに合わせた食事を作るのはとにかく難しく、先輩娼婦たちから毎日のように怒られてしまう。

さすがに限界を感じ、教育係であるカミラに助けを求めたものの――。

「は？　あんたが鈍くさいのが悪いんでしょ」

「す、すみません……。ただ、少しアドバイスをいただけたらと……」

「知らない。ていうか、あたしの部屋に近づかないで」

バタン、と目の前で乱暴に扉を閉められ、エリシアはそのまま言葉を失う。だがすぐに顔を上げると、そのままぐっと唇を嚙みしめた。

(やっぱり、甘えていてはダメですよね。もっとちゃんと――メイドたちが邸《やしき》でどんなふうにしていたか思い出して……)

昼はわがままな先輩たちに振り回され、夜も彼女たちの仕事をサポートする。そのあまりに多忙な日々にエリシアは身も心も疲れ果てていくのだった。

娼館で働き始めて数日後の夜。

自室に戻ってきたエリシアを、弟のミゲルが心配そうに出迎えた。

「お姉様、おかえりなさい」

「ただいまミゲル。いい子にしてた？」

「うん。……お姉様こそ大丈夫？」

「……平気よ。それより、いつも一人で待たせてごめんね」

力いっぱいミゲルを抱きしめる。この温かさを感じるだけで、また頑張ろうと思えてくるから不思議だ。するとミゲルがもじもじした様子で顔を上げた。

「お姉様、ぼくにも何か出来ること、ある？」

「出来ることって？」

「だっていつも大変そうだから……。お掃除とかお洗濯とか、ぼくにも出来ることがあればと思って……」

「ミゲル……」

健気《けなげ》な弟の言葉に、エリシアはつい涙ぐんでしまった。

「その気持ちだけで嬉しいわ。でも大丈夫よ。さ、今日はもうおやすみなさい」

「うん！」

先にベッドに寝かせ、落ち着くまでとんとんと体を撫《な》でてやる。やがてすやすやと寝息を立て始めたのを見て、エリシアは静かに立ち上がった。

（さて、今日言われたところをちゃんと書いておかないと……）

テーブルに向かい、小さな灯《あか》りの下でノートを広げる。そこにはこれまでに怒られた内容と改善策がびっしりと綴《つづ》られていた。

（絹と羊毛のドレスは擦《こす》ってはダメ、干すときは日陰。リーシャ先輩のたばこは赤じゃなくて青の『マルス』。シャーロット先輩の朝食はブドウか桃、ナッツを常に備《そな》えておくこと。セリーナ先輩は脂身が嫌いで、キャシー先輩は甘いスクランブルエッグが好き――）

同じ間違いを繰り返さないよう、何度も読み返して頭に叩き込む。そこでふと肌寒さを感じ、エリシアはカーテンがかかっていない窓を振り返った。

（最近、ますます冷えてきたわ……。なにか上に着る物を買わないと……）

ベッドで眠るミゲルの方を見やる。すると穏やかだった表情が、いつの間にか険しいものに変わっていた。

「……助けて、お姉様……」

（ミゲル……？）

心配したエリシアが近づき、何度かそっと頭を撫でてやる。だがミゲルは変わらずうなされたままだ。

「いやだ……怖いよ……」

（体が震えている……悪い夢を見ているのかしら）

「お父様、お母様……どうして来てくれないの……どうして……」

「……っ」

姉を気遣う気丈さを見せていたものの、やはり内心は不安でいっぱいだったのだろう。いくどとなく助けを求める弟の姿に、エリシアの心臓がぎゅっと痛む。

（どうしましょう……。でも、外から呼びかけてはいけないし――）

この国には『悪夢は夢魔《むま》が見せているものであり、声をかけて無理に起こそうとすると、夢の世界から一生出られなくなってしまう』という恐ろしい言い伝えがあった。

対処に迷ったエリシアは毛布をめくってベッドに入ると、ミゲルの頭を自身の胸元へと抱き寄せる。谷間に顔をうずめさせたまま、その小さな背中を繰り返しさすった。

（たしか昔、お母様がこうやって――）

エリシアも小さい頃、怖い夢を連続して見たことがあった。そんな時、母親が毎晩のように同衾《どうきん》して、こうやって体を撫でてくれたのだ。

（大丈夫。あなたのことは、私が絶対に守ってみせる――）

やがて祈りが通じたのか、ミゲルの顔つきが少しずつ和らぎ始めた。穏やかな呼吸に戻ったのを確認したところで、エリシアはほっと胸をなでおろす。

（良かった……落ち着いたみたい）

だがいまだ両親の嫌疑が晴れるあてもなければ、元の生活に戻れる保証もない。可愛《かわい》らしい弟の寝顔を見つめながら、エリシアは自らの情けなさを痛感するのだった。

◆　◆　◆

エリシアが働き始めてからおよそ二週間。

特に冷え込んだその夜は、普段より来客の数が多かった。

（指名待ちの方がたくさん……今日も忙しくなりそうだわ）

手早くお茶を淹れ、それぞれの待機室へ。しかし最後の部屋に入ったところで、エリシアは「あら？」と首をかしげた。

（珍しいわ。二人でおられるなんて……）

そこにいたのは黒い騎士服を着た二人の男性だった。

一人は日に焼けた肌に短く切った茶色の髪。もう一人は濃紺のフードを深くかぶっており、どんな顔かよく分からない状態だ。どうやら親しい間柄らしく、茶髪の男性がフードの男にしきりに話しかけている。

「いいからつべこべ言わずに行ってこいよ！　不眠症なんて一発で治るぞ？」

「だから俺は――」

「失礼いたします、お茶をお持ちしました」

邪魔にならないよう、エリシアは男たちの前にすばやくカップを置いた。茶髪の男は「ありがとー」と軽く礼を言い、フードの男もまた無言で頭を下げる。その瞬間、分厚い布に隠されていた素顔が見え――エリシアは思わず目をしばたたかせた。

（銀の髪？　それより、なんだか顔色が悪いような……）

見えたのは形のよい唇と珍しい銀色の髪。

おまけにその奥に、ひどく困憊《こんぱい》した男の顔が見えた気がする。

「あの――」

だが心配したエリシアが声をかけようとしたところで、突然ノックの音が響いた。扉を開けて現れたのはキセルを手にしたシルヴィアだ。

「なんだレナード、また来たのかい」

「ひどいなあ姐《ねえ》さん、今日は上客を連れて来たってのに」

「ほう、そりゃありがたいね」

茶髪の男を前にシルヴィアが苦笑する。どうやらここの常連のようだ。

「ただ、今日は予約でいっぱいなんだ。他を当たってもらえるかい」

「そんな冷たいこと言うなよー。こいつ、この手の店に一回も来たことないらしくてさ。やっぱりはじめては最高の思い出にしてやりたいじゃん？」

「悪いけど、本当に人手が足りないんだよ。また出直して――」

すると茶髪の男性が、近くにいたエリシアをびしっと指差した。

「この子は？」

「えっ？」

「今ここにいるってことは空いてるってことだろ」

「わ、私は、ただの世話役で――」

「でもここで働いてるってことはそういうことだよね？」

（ど、どうしましょう……!?）

突然指名され、エリシアは慌ててシルヴィアの方を振り返る。シルヴィアはややうんざりした顔つきのまま、「はあ」と深いため息をついた。

「……まあ、働いているといえばそうだね」

「だよな！　ちょっと慣れてなさそうだけど、その方がこいつも楽かと思ってさ」

「わ、私……」

「おい！　いい加減に――」

エリシアが答えるよりも早く、フードの男性が声を荒らげる。だがそれらをすべて制するかのようにシルヴィアが「いいだろう」と告げた。

「今から準備するから少し待たせるがね。ただしレナード、あんたは帰りな」

「ちぇー。まあいいか、じゃあなアレクシス。しっかりやれよ！」

「なっ!?」

「シ、シルヴィアさん！」

レナードと呼ばれた茶髪の男が、バシバシと隣にいたフードの男の肩を叩く。

そんな二人を横目に見つつ、エリシアは部屋を出ていってしまったシルヴィアを慌てて追いかけた。扉を出た先の廊下でなんとか捕まえると、あらためて確認する。

「シルヴィアさん、まさか本当に……」

「あんた、ここに来て二週間だろう？　そろそろ客をとってもいい頃だと思ってね」

「でも私まだ、そうしたアレとかソレとか全然習っていないんですが」

「そう難しいもんじゃないよ。やることは結局一つだけだ」

「そ、それはそうですけど……」

しかしいきなり客をつけられるなんて、とエリシアは動揺を隠せない。そんな彼女を見て、シルヴィアは呆《あき》れたように眉根を寄せた。

「さっきの茶髪――レナードはああ見えていいところのボンボンなんだよ。うちの店にもよく通ってくれている。あれ以上ごねて、他の嬢に影響を出すわけにはいかないからね」

「で、ですが……」

「それにあれが連れてきた男となれば、相当稼いでいる奴のはずだ。他にひいきの店もない。ここで指名を取れるようになれば、あんたがもらえる給金もぐっと上がる。……弟と暮らしていくのに、金はいくらだって必要だろう？」

「…………」

「いい加減、覚悟を決めな。あんただって、ここがどういう場所か分かっているはずだ。弟を守るためならなんでもするんじゃなかったのかい？」

その言葉に、エリシアはそれ以上何も言えなくなってしまった。シルヴィアは「はあ」と両肩をすくめると、持っていたキセルを咥《くわ》える。

「ちょうどさっき『真珠の間』が空いたはずだ。掃除をしてそこで待ってな。衣装は――持ってないだろうから特別に貸してやるよ」

「は、はい……」

それだけ言うと、シルヴィアは紫煙をたなびかせながら行ってしまった。廊下に残されたエリシアは、一人胸元で両手を重ね合わせる。

（ついに……この日が……）

不安が一気に押し寄せてきて、全身がぶるっと震える。

だが暗く寒い部屋で待つ弟のことを思い出し――エリシアは唇を噛みしめるのだった。

◆　◆　◆

ベッドメイクを終えた『真珠の間』。

中央に置かれたベッドに腰かけ、エリシアは膝に置いた両手を握りしめていた。

（き、緊張します……！）

長い黒髪はハーフアップにし、顔にはうっすらと化粧を。身にまとっているのはシルヴィアから借りた真っ赤なナイトドレス。ただし伯爵令嬢時代に着ていたようなものとは違い、胸元は谷間が見えるほど大きく開いていた。

着丈も膝までしかなく、生地も薄くて下にある肌が透けている気がする。

（いったい、何をすればいいのでしょうか……）

やがて扉の向こうから、コンコンと控えめなノックの音が聞こえてきた。

「は、はいっ!!」

エリシアは慌てて駆け寄り、扉を開けて先ほどのフードの男性を招き入れる。男性は無言で室内に入ると、ようやくかぶっていたフードを取った。その素顔を目にした途端、エリシアはつい見惚《みと》れてしまう。

（すごく綺麗な方……）

月光を溶かし込んだかのような銀色の髪に、冬の空に似た青色の瞳。ソファに座っていたから分からなかったが身長はエリシアの頭一つ分より高く、その体は騎士らしくしっかりと鍛え上げられていた。

なによりその端整な顔立ちは、今まで会った男性の誰よりも美しく――なんだか恥ずかしくなったエリシアはすぐさまうつむき、赤くなった顔を隠すように奥へと案内する。

「こ、こちらにどうぞ……」

「………」

彼がベッドに座ったのを確認し、エリシアも少し距離を空けてその隣に座った。だが待てど暮らせど男性が動く気配はなく、エリシアは困惑し始める。

（も、もしや、私の方からお誘いするべきなのでしょうか……!?）

いよいよ頭の中がいっぱいになり、エリシアはいちかばちか彼の手を取ろうとする。

すると沈黙を続けていた男性が突然口を開いた。

「君は――どうしてこの仕事をしているんだ？」

「えっ？」

まさかの質問に、エリシアは思わずぱちぱちと瞬《まばた》いた。そこで初めて男性と目が合い、張りつめていた空気がほんの少しだけ軽くなる。

「おそらくだが、君はどこかのご令嬢だろう」

「え、ええと……」

「きちんと手入れされた長い髪。肌も荒れていないし、指先だって綺麗だ。言葉の訛《なま》りもないし、高価な茶器の扱いにも慣れている」

「そ、それはその……」

「普通に考えれば、働きに出る必要なんてない。無視して帰っても良かったが、それだけがどうしても気になって……」

（ど、どうしましょう……。なんと答えれば……）

男性からの矢継ぎ早な指摘に、エリシアはたまらず口をつぐんだ。正直に打ち明けるか。しかしうっかり身元を知られて、拘置されている両親や王都に連れてきてくれたギルフォードの迷惑になるのは耐えられない。

（やっぱりダメです、ここはなんとかごまかして――）

だが言い訳を考えているエリシアに向けて、男性はさらに続けた。

「事情を言いたくなければ言わなくていい。ただ……俺には君が、とても無理をしているように見えたから」

「私が……ですか？」

「ああ。現に今だって、ひどく緊張しているだろう？」

（あ……）

指摘されてようやく、エリシアは自分の手がガタガタと震えていることに気づいた。自身に言い聞かせていたとはいえ、体の方はとっくに悲鳴を上げていたらしい。

やがて男性は、眉尻を下げたままうつむいた。

「こんな形《かた》で会った男に言われても不愉快なだけだろうが……。誰かに脅されているとか、借金の形《かた》に働かされている可能性を考えると、二人きりになれるここでしか聞けなかった。もし俺でよければ、なにか力になれる方法を――」

「……っ！」

その瞬間、エリシアはぽろりと大粒の涙を零《こぼ》していた。

男性はそれを見て、ぎょっと目を剝《む》く。

「す、すまない!!　俺の憶測で勝手なことを――」

「ち、違うんです……あの……」

しかし一度溢《あふ》れ出した涙は止まらず、エリシアの目から次々と流れ落ちていく。それらはエリシアの心の奥底で凍りついていた何かを、あっという間に溶かしていった。

（私……無理をしていたんですね……）

自分では分からなかった。

弟を守らなければ、両親を助けなければ、生きていかなければと必死で。

怒鳴《どな》られても、無下に扱われても仕方ないことで、我慢するしかないと思っていた。

でも――。

（この人は、そんな私に気づいてくれた……）

思いもよらぬ優しさを与えられ、エリシアは胸の奥が温かくなるのを感じる。必死に泣き止むと、涙で濡れた目を柔らかく細めた。

「ありがとうございます……。でもその、大丈夫です。私は自分で望んでここに来ました。だからもう少し……頑張ります」

「……そうか」

出来ることなら、何もかも打ち明けて助けを求めたかった。だが知り合ったばかりの――しかもこんな誠実な人にそんな迷惑はかけられない。

それを聞いた男性は、申し訳なさそうに下を向いた。

「すまなかった、その……変な誤解をしてしまって」

「い、いえ！　お気遣い、すごく嬉しかったです」

二人の間にぎこちない沈黙が流れ、ちらりと視線が交わされる。やがて男性は勢いよく立ち上がると、そそくさと扉の方を振り返った。

「それでは失礼する」

「えっ!? あの、続きは……」

「君と話がしたかっただけで、元々そんなつもりはなかった。だいたい、同僚から無理やり連れてこられただけだしな」

「そ、そうだったんですね……」

ほっとした半面、あまりに早いお別れにエリシアは少しだけがっかりしてしまった。

(もう少しだけ、お話ししたかったのですが……)

男性を見送るべく、エリシアもベッドから立ち上がろうとする。すると突然、目の前にいた男性が頭を押さえるようにしてその場にしゃがみ込んでしまった。驚いたエリシアは、慌てて彼のもとに駆け寄る。

「だ、大丈夫ですか!?」

「っ……問題ない……」

(すごい熱……!)

男性の体に触れた途端、体温が異常に高いことに気づいた。額に手を当てると案の定、びっくりするような高熱が手のひらに伝わってくる。

「少し休んでいってください。お薬持ってきますから」

「しかし……」

弱々しく抵抗する男性を無視し、エリシアは彼の体を支えながらベッドへと運んだ。

なんとかシーツの上に転がしたあと、脇にあった毛布をかぶせる。

（とりあえず熱を下げないと……）

エリシアは部屋を飛び出し、急いで寮へと走った。食堂に備えてあった熱さましと氷水を入れた桶《おけ》を小脇に抱えると再び『真珠の間』に駆け戻る。すぐに薬を飲ませ、冷やしたタオルを男性の額に載せた。

（これで、少しでも良くなるといいのだけれど……）

間近で見るまで気づかなかったが、男性の目の下にはうっすらとクマが浮かんでいた。おそらくこの娼館に来た時からずっと、体調が良くなかったのだろう。

（大丈夫かしら……）

じっと近くで見守り続けること数十分後。

ようやく薬が効いてきたのか、男性は静かな寝息を立て始めた。

「良かった……」

エリシアはほっと胸をなでおろす。そのままベッド近くの椅子に座ると、彼の手を握って静かに回復を待ち続けるのだった。


どれだけの時間が経《た》っただろうか。

うとうとしていたエリシアは、その場で「はっ」と顔を上げた。

（いけません！　私――）

急いでベッドの方を見る。男性は相変わらず眠っていたが、その顔色は随分と良くなっていた。額に置いていたタオルはぬるくなっており、熱もほとんど引いているようだ。

(このまま一晩休めばきっと――)

しかしその直後、男性が苦しそうに顔を歪《ゆが》め始めた。何か悪い夢を見ているのか、胸元を押さえながら首を左右に揺り動かしている。

「っ……!」

(ど、どうしましょう……!)

声をかけて起こすわけにもいかず、エリシアはおろおろと狼狽《ろうばい》する。そこでふと、以前ミゲルにしたやり方を思い出した。

(効き目があるかは分かりません。でも、何もしないよりは――)

エリシアは「失礼します」と心の中で唱えると、男性の隣に横たわった。苦悶《くもん》している彼の頭を抱きかかえると、自身の胸の谷間にそっと引き寄せる。

「……っ、う……」

(神様、どうかこの方を夢魔からお守りください……)

祈りを捧げながら、彼の大きな背中を優しく撫でる。ミゲルとは違い、片腕を回すだけでも大変だったがエリシアは何度もそれを繰り返した。

やがて男性の呼吸が少しずつ落ち着いてくる。

エリシアはそれを確認すると、ようやく安堵の表情を浮かべるのだった。

◆
◆
◆

アレクシスは夢を見ていた。

正体は分からない。ただ恐ろしい何かに向かって、必死に剣を振るっていた。

「──っ、誰か援護を……」

背後にいる部下に助けを求めようと、勢いよく振り返る。だがそこには誰一人としておらず、アレクシスは愕然《がくぜん》とした。

(どうして──)

次の瞬間、敵は強烈な一撃をアレクシスに繰り出した。痛みはない。だが内臓をかき混ぜられるような気持ち悪さに襲われる。

それと同時に、部下たちのうんざりした声が耳元で聞こえてきた。

『なんかさー、近寄りがたいんだよな。「俺はお前たちとは違う」みたいな感じで』

『分かる。どうせオレたちなんて、いてもいなくても一緒だろ』

(違う……そんなつもりじゃ……)

ただ強くなりたくて。少しでも人を助けたくて。だから少しでも前に出ようと、一人でも戦い抜こうとしているだけなのに。

(どうして、上手《うま》くいかないんだ……)

喉はカラカラに干からび、もう声を上げることも出来ない。

例の敵が再び襲いかかってきた。アレクシスは攻撃に備え、ぐっと奥歯を噛みしめる。

だが覚悟していた悪寒はなく、代わりに暖かい何かに全身を包み込まれた。

(……?)

訳が分からず、アレクシスはぽかんとしたまま顔を上げる。その瞬間、頬にもふっとした毛の塊が押しつけられ、花のような甘い匂いが漂ってきた。こわごわと両腕を伸ばすと、極上の柔らかさが手のひらにふわっと触れる。

(これは……ウサギか?)

見て確かめたわけではない。しかしアレクシスの脳裏には、自分の倍はあるであろう巨大な白ウサギの姿が自然と浮かんでいた。心地よいその毛並みを堪能するべく、アレクシスは幸せそうに顔をうずめる。

(なんて……気持ちいいんだ……)

するとアレクシスを守るかのように、ウサギはゆっくりと抱きしめ返してきた。

その絶対的な安心感に包まれながら、アレクシスは久しぶりに深い眠りに落ちたのだった。

◆　◆　◆

翌朝、エリシアはぼんやりと瞼《まぶた》を持ち上げた。

（どうやら私も、眠ってしまったようです……）

腕の中を見ると、男性はすうすうと穏やかな寝息を立てている。どうやら悪夢は去ったらしい――とほっとしていると、男性がようやく目覚めた。

「……ここは……」

「おはようございます、大丈夫ですか？」

「君は……」

昨日の記憶が抜け落ちているのか、男性はしばしぼーっと考え込んでいる。

だが自分がエリシアの腕の中――しかもその胸に顔をうずめている状態だと気づいた途端、顔を真っ赤にしてすぐさま体を引き離した。

「なっ!?　ど、どうして……」

「す、すみません。うなされて苦しんでいるようだったので何か出来ればと」

「それにしたってこんな……いや、その……」

男性は額を押さえて逡巡《しゅんじゅん》したあと、ぶんぶんと首を左右に振った。すぐにベッドから立ち上がると、服装の乱れもそのままに扉へと向かう。

「すまない。迷惑をかけた。すぐに出て行く」

「あ、あの！」

「なっ、なんだ!?」

「良かったら、お名前だけでも教えていただけないでしょうか？」

それを聞いた男性は一瞬だけ言葉に詰まり、すぐに「アレクシスだ」と答えた。

「……君の名前は？」

「エ、『エリザ』と申します」

「エリザ……」

噛みしめるように復唱したあと、男性――アレクシスはあらためて深々と頭を下げる。

「昨夜は本当に申し訳なかった。看病してもらって感謝する」

「い、いえ……」

「それではその……し、失礼する！」

言うが早いか、アレクシスはあっという間にいなくなってしまった。一人取り残されたエリシアは、座り込んでいたベッドの上でようやく頬を赤くする。

（想像していたよりも、ずっと素敵な方でした……）

見た目ももちろんだが、初対面のエリシアを心配してわざわざ部屋まで来てくれた。その優しさを思うだけで、胸の奥がいっぱいに満たされる。

でも――。

（きっと、もう会えませんよね……）

元々ここには、連れて来られただけだと言っていた。きっと婚約者か恋人がいるのだろうし、再度訪れることはないだろう。

（普通に出会っていたなら、少しは違っていたのでしょうか……）

だがここは高級娼館。客と娼婦の関係以上になりようがない。

エリシアは小さくうつむくと、そっとベッドから足を下ろすのだった。


初指名（？）を終えた日の昼。

寮の掃除を終えたエリシアは、食堂のテーブルの上に小さな花瓶を置いた。中には中庭で摘んだ花たちが可愛らしく生けられている。

（これで良し、と……）

かつて伯爵家のメイドたちが毎日のように新しい花を飾ってくれたことを思い出し、エリシアは小さく微笑む。すると昨晩も遅くまで働いていた先輩娼婦たちが、ようやくだらだらと食堂へ下りてきた。

「エリザー？　あたしのたばこは……」

「はい、二箱買ってあります」

「ねーあたし、今日は桃食べたい気分なんだけどー」

「すぐに剝きますね。ナッツも準備してます」

「わたしのドレスどこ？　赤と黄色のやつ」

「畳んでそちらにまとめています。ちょっとほつれていたので繕っておきました」

「えーやだ、ありがとー！」

四方八方から飛んでくる先輩たちからの要望を、次から次へと受け答える。一時期はパニックになっていたが、日々のメモが功を奏したのか、最近ではすっかり手際よくこなせるようになってきた。

しかし、仕事が上手く回り始めたのには他にも理由があり――。

「お姉様、お外の掃除終わったよ」

「ミゲル、助かったわ。ありがとう」

箒《ほうき》を手に現れたミゲルの頭を、エリシアはよしよしと撫でる。実は数日前から、多忙なエリシアの負担を少しでも減らそうと、ミゲルがお手伝いをしてくれているのだ。

「本当にごめんね、無理はしなくていいから」

「ううん。お姉様の役に立てて嬉しい」

「ミゲル……」

するとそんな健気なミゲルを、先輩娼婦の一人が背後から抱きしめた。

「んもーほんと偉いわあ！　エリザ、こんな可愛い子いるならさっさと紹介しなさいよ！」

「で、ですが、皆さんのご迷惑になるかと」

「お互い様よ。あんたが遅くなる時は、誰かに声かけておきな。休憩中の奴が代わりに面倒見てくれるだろうからさ」

「ありがとうございます……」

わがままで厳しい人ばかりと思っていたが、話してみると意外にきさくな人も多い。仕事とはまた違った彼女たちの優しさに感謝しつつ、エリシアは厨房に入って昼食の準備を始めた。

その時ふと、昨日の一夜を思い出す。

（アレクシス様、あれから大丈夫だったのでしょうか……）

熱は下がっていたようだが、目の下のクマは変わっていなかった。また倒れていなければいいが――と考えたところで、ふるふると首を左右に振る。

（私が心配しなくても、きっと今夜は恋人のところに――）

ずきっ、と経験のない痛みが胸に広がる。

エリシアはそれに気づかないよう、目の前にある料理に集中するのだった。


しかしその夜。

エリシアは目の前に現れた人物の姿に驚きを隠せなかった。

「ア、アレクシス様……？」

「……………」

昨日と同じ『真珠の間』。シルヴィアに呼ばれ、待機していたその部屋に入ってきたのは、もう二度と会えないと思っていたアレクシスその人だった。

「すまない、その……もう少し日を空けるべきかと思ったんだが……」

「い、いえ！　でもどうしてまた……」

するとアレクシスは持っていた紙袋をエリシアに差し出した。おそるおそる中を覗《のぞ》くと、ふんわりとした白い羊毛で編まれた上着が入っている。

「これは……」

「王都の冬はとにかく冷え込む。一枚あるだけでだいぶ違うだろう」

「あ、ありがとうございます……！」

プレゼントだと分かり、エリシアは満面の笑みを浮かべる。それと同時に『どうしてまた店に来てくれたのか』を考えてしまった。

(もしかして私に会いに……？)

ドキドキするエリシアを前に、アレクシスが少々気まずそうに口を開いた。

「それでその、一つ尋ねたいんだが……」

「な、なんでしょうか!?」

「――この部屋に、女性ものの指輪が落ちていなかったか？」

予想外の問いかけに、エリシアは「はい？」と首をかしげる。

「指輪……ですか？」

「青い宝石がついたものなんだが、昨夜どこかで落としてしまったらしくて」

「す、すぐに捜しましょう！」

身構えていた自分が恥ずかしくなり、エリシアは赤面したまま室内を見て回った。アレクシスも家具などの隙間を確認し――やがてベッドの下から古めかしい指輪を発見する。

「これ……ですか？」

「ああ。……良かった、見つかって」

指輪を見つめるアレクシスの眼差《まなざ》しはとても優しく、エリシアはほっと胸をなでおろす。だがすぐに表情をかげらせた。

(もしかして、恋人に差し上げるものでしょうか……)

ずきずきっ、と昼間と同じ疼痛《とうつう》がエリシアの胸を襲う。するとアレクシスは自身の首から下げていた銀の鎖に指輪を戻しながら、恥ずかしそうに打ち明けた。

「実は母親の形見なんだ」

「お母様の？」

「俺が若い頃に亡くなっていて。だからどうしても取り戻したかった」

「そうだったんですね……」

その答えを聞いたエリシアは、自分でもびっくりするほど安堵していた。だが彼がここに来た理由が判明したことで、また一段と複雑な気持ちになる。

(もう一度会いに来てくださった……なんて、ありませんよね)

アレクシスとは昨日出会ったばかり。

しかもお互いのことは何も知らないというのに、いったい何を期待しているのか。

自分でもこの感情が説明できず、エリシアはその場でうつむく。すると目の前にいたアレクシスが「こほん」と咳払《せきばら》いし、なぜか先ほどより緊張した面持ちでこわごわと口を開いた。

「それともう一つ、頼みたいことがあって……」

「頼みたいこと、ですか？」

「その……」

言いよどむアレクシスを前に、エリシアは疑問符を浮かべる。やがて覚悟を決めたのか、彼は顔を真っ赤にしながら発した。

「昨日のように……一緒に寝てもらえないだろうか!?」

「……はい？」

まさかの依頼に、エリシアはただパチパチと瞬くことしか出来なかった。


十数分後、灯りの消えた室内。

二人は部屋の中央にあるベッドに、少し距離を空けた状態で入っていた。隣にいるアレクシスを意識しつつ、エリシアは少し前の彼の言葉を思い出す。

（こんなことになるなんて……）

同衾してほしいというアレクシスに対し、エリシアはすぐに理由を尋ねた。すると彼はやや戸惑いながら、ここ最近の自身の不調を明らかにする。

「実は半年ほど、ろくに眠れていなくて……」

「半年もですか？」

「毎晩、嫌な夢を見るんだ。でも昨日、君が一緒に寝てくれていた間だけはなぜか驚くほど熟睡出来た」

「は、はあ……」

「変なことを頼んで、本当に申し訳ないと思っている。だがどれだけ医者にかかってもいっこうに治らなくて、このままでは騎士団の仕事に差し支えてしまうと――」

「わ、私は構いませんけども……」

必死なアレクシスの様子に、エリシアはたまらず合意する。こうして一緒のベッドに入ったものの――心臓がドキドキと張り裂けそうだ。

(ほ、本当にいいのでしょうか……)

ちらりとアレクシスの方を見ると、彼はすでに目を瞑《つぶ》っている。

どうやら本気で寝るだけらしい――と考えたところで、恥ずかしくなったエリシアは慌ただしく寝返りを打つのだった。


その日の深夜。

エリシアは小さなうめき声に起こされた。

(アレクシス様……？)

ベッドからのそりと体を起こして隣を見る。

そこでは昨晩と同様、アレクシスが苦しそうに眉間にしわを寄せていた。

(また悪い夢を見ているみたい……)

どうにか眠らせてあげたいと、彼に近づいてその体に両腕を伸ばす。豊満な胸の谷間に彼の顔を受け止めつつ、アレクシスを優しく抱きしめた。

（神様、どうかこの方をお助けください――）

大丈夫。大丈夫ですよ、と。

エリシアは心の中で、何度もアレクシスを励ますのだった。

◆　◆　◆

顔の見えない誰かが、ずっと自分を責めている。

高い声。低い声。男の声。女の声。

ひどく怒っているような、うすら笑っているような。

『誰にも気を許すな、近づく奴すべて疑ってかかれ』

『そこまで真剣になる必要あります？　適当でいいんですよ適当で』

『あの家はもうだめだな。権力争いに負けた以上は……』

『お前は絶対に上に行け。隙を見せるな。全員敵だ』

『どうせ、あの父親のように――』

（違う！　俺は――）

気持ち悪い。目が回る。頭を押さえてその場に座り込む。そんなアレクシスの元に、ふわふわとした暖かい光の塊が舞い降りてきた。

（これは――）

優しく包み込まれ、昨日と同じ心地よさに身を委ねる。やがてアレクシスの耳に、可愛らしい女性の声が聞こえてきた。

『――大丈夫。大丈夫ですよ』

（この声は……）

『どうか、ゆっくりと眠れますように――』

エリザだ、とアレクシスはすぐに理解した。そう認識した途端、光は女性の形に変化する。彼女は両腕をアレクシスの背中に回し、その柔らかい胸に彼の顔を受け止めていた。その姿はまるで宗教画にある聖母のようだ。

（ああ、これは――）

いい歳《とし》をした成人男性が、出会って間もない年下の女性に守られている。その格好は、傍《はた》から見ればさぞかし滑稽《こっけい》に違いなかった。

だが――。

（暖かい……）

アレクシスはそのまま目を瞑ると、深い眠りの世界に落ちていくのだった。

◆　◆　◆

翌朝。エリシアの腕の中でアレクシスが目覚めた。

照れ隠しのつもりで彼の髪を撫でながら、エリシアはそっと尋ねる。

「あの……いかがでしたか？」

「………………。ああ」

かなり長い沈黙のあと、アレクシスがようやく体を起こした。ベッドのへりに腰かけると、「その」とためらいがちに声を絞り出す。

「あらためてすまなかった。その、変なことを頼んでしまい」

「い、いえ！　弟にもよくしているので、別に……」

「弟？　そうか、弟御《おとうとご》がいるのか……」

アレクシスはしばし考え込んだあと、ためらいがちに切り出した。

「エリザ、申し訳ないんだが――これからしばらく、ここに通ってもいいだろうか？」

「えっ？」

「今回で確信した。どうやら俺は、君といるとよく眠れるらしい」

「そ、それは……」

「無理だと言われれば強要はしない。……どうだろうか？」

真正面から問いかけられ、エリシアは思わずこくりとうなずく。それを見たアレクシスが安堵したように破顔した。

「ありがとう。これからその……よろしく頼む」

「は、はい！」

手元にあった毛布を摑《つか》みながら、エリシアは勢いよく答える。その間もずっと、心臓はドキドキと高鳴っていた。

（また、アレクシス様に会える——）

たとえ娼婦と客——いや、安眠枕代わりであろうとも。

エリシアは嬉しさに緩んだ口元を、こっそりと両手で隠すのだった。

第三章　恋か仕事か、嘘か本当か

本格的な冬を迎えた王都の夜。

いつものように『真珠の間』を訪れたアレクシスは、エリシアに紙袋を手渡した。

「エリザ、弟御《おとうとご》にこれを」

「これは……」

「羊毛の上着だ。寒さをしのぐには必要だろうと思って」

「いつもすみません。ありがとうございます」

嬉《うれ》しそうに紙袋を抱きしめると、アレクシスが柔らかく微笑《ほほえ》む。その顔からは以前のクマが綺麗《きれい》に無くなっており、エリシアもまた安堵《あんど》の笑みを浮かべた。

(良かった……顔色もすっかり良くなったみたい)

あの日から、アレクシスはエリシアのお得意様になった。しばらく通う、というのがどれくらいの頻度かいまいち理解していなかったのだが——なんと彼はあれから毎日娼館を訪れ、エリシアを指名してくれたのである。

おかげで専用の個室を与えられ、給金も予定以上の額を受けとることが出来た。そのうえ、エリシアに弟がいると知ったアレクシスは、こうしてたびたび贈り物をしてくれる。

冬用の防寒具に始まり、おもちゃ、お菓子、絵本、衣服——さすがに途中から何度か遠慮したのだが『持ち帰っても仕方ないから』と頑として突っぱねられてしまうのだ。

（本当に、優しい方……）

やがてアレクシスが、やや恥ずかしそうに切り出した。

「それではその、今日も……頼む」

「はい！」

貰《もら》った贈り物をテーブルに置くと、アレクシスの外套《がいとう》と上着を受け取る。シャツ姿になった彼とともに、エリシアは慣れた動きでベッドへ潜り込んだ。

「では、失礼しますね」

「あ、ああ……」

どこか緊張しているアレクシスの首に手を回し、そのまま自身の胸元へと引き寄せる。薄いナイトドレスの生地越しに彼の鼻が触れ、エリシアはその冷たさに少しだけ驚いた。

「外、寒かったんですね。しばらく離れた方が——」

「す、すまない。すぐにあったかくなりますから」

「大丈夫です。すぐにあったかくなりますから」

なんとなくミゲルを思い出し、エリシアはよしよしとアレクシスの後頭部を撫《な》でる。

アレクシスは赤面したまま言葉を失っていたが、それ以上抵抗することなく、エリシアにされるがままになっていた。

（アレクシス様……）

灯《あか》りを落としてしばらくすると、静かな彼の寝息が聞こえてくる。エリシアはそれを聞いて、幸せそうに微笑むのだった。

◆　◆　◆

アレクシスと同衾《どうきん》するようになって数日後の昼。

寮でせっせと食事の配膳をしていると、先輩娼婦たちがエリシアに声をかけてきた。

「聞いたわよエリザ、あんた、もう太客がついたんだって？」

「ふ、太客ですか？」

「あっ、あたしも見た！　ていうかあれ『氷の騎士』様じゃない？」

「氷の騎士様？」

初めて聞いたその名前にエリシアがきょとんとしていると、別の娼婦が話を続ける。

「やっぱりそうよね。あの長身に銀髪なんて他にいないし」

「あの、氷の騎士様というのは……」

「王立騎士団にいるアレクシス様のあだ名よ。侯爵家の御子息様でものっすごい美形だけど、女性関係の噂《うわさ》が全然なくってね。このあたりでも全然見かけないから、てっきり将来を誓った恋人がおられると思っていたんだけど」

「ほんとほんと。ねーいったいどんなテクで落としたの？　やっぱりその胸!?」

「え、ええっ!?」

突然胸元を指差され、エリシアは持っていた皿を落としそうになってしまった。なんとなく片手で胸を隠しつつ、先輩娼婦に尋ねる。

「私の胸って、なにかおかしいんですか……？」

「え？　普通におっきいなーと思ってたけど。この仕事では武器になるし」

「武器……」

「男の人って、胸好きな人多いよねー」

分かるーと口々に交わされる会話を聞きながら、エリシアは少しだけ頬を染める。

（アレクシス様もお好きなのでしょうか……）

すると先輩娼婦たちが、キラキラと目を輝かせて質問してきた。

「ねえ！　アレクシス様ってどんなエッチするの？」

「え、えっ!?」

「見た感じあっさりしてそうだけど、実は案外ねちっこかったりして」

「ああいうタイプの方が執着心強かったりするもんね」

「えーっ、それもうご褒美じゃーん！」

（あ、あわわわ……）

なんだか大変なことになっている、とエリシアはすぐさま否定した。

「そんな変なことはしてないです！　ただ一緒に寝ているだけで」

「寝るのは当然でしょ。そこに至るまでを詳しく――」

「だからその、本当に寝るだけなんです。その、同じベッドで……」

必死なエリシアの説明に、先輩娼婦たちは一様にぽかんとした表情を浮かべていた。だがすぐにそこかしこから「ええーっ!?」という声が上がる。

「寝るだけって、マジで寝てるだけなの？　何もせずに？」

「は、はい……」

「もしかして、アレクシス様って不能？」

「そ、そそ、そういうわけじゃないと思いますけど……」

驚きと好奇心が入り混じった声に取り囲まれ、エリシアはいよいよ赤面する。

すると騒然とする娼婦たちを横目に見つつ、エリシアの教育係であるカミラが通りすがりざまに鼻でわらった。

「それ、詐欺じゃないの？」

「カミラ先輩……」

「ここがどういう場所か分かってる？　ただじゃないんだよ？　それなのに何もせず帰すだなんて……そういういい加減な奴がいると、うちらまで適当に思われんだけど。ほんっと迷惑」

「す、すみません……」

カミラの冷たい指摘に、賑《にぎ》やかだった食堂は一瞬にして静まり返った。

だが彼女は我関せずとばかりにテーブルの上にあった果物を取ると、かじりながら二階にある自分の部屋へと戻っていく。

ばたん、と扉が閉まったあと、エリシアが蒼白《そうはく》な顔で頭を下げた。

「わ、私……皆さんにご迷惑を……」

「い、いいっていいって。別に来たからって絶対ヤるわけじゃないし。あたしの客でも、疲れてるから今日はおしゃべりだけーとかあるよ」

「そーそー。あの子、自分が指名されないからイライラしてんのよ」

「普段も部屋から全然出て来ないしね。もしかして、男連れ込んでたりして」

えーやだーっとからかうような声が上がり、カミラの悪口へと移行する。どうやら彼女の態度の悪さはエリシアにだけではなく、他の娼婦たちにも変わらないようだ。

「ま、気にしなくていいよ。ぼちぼちやんな」

「そう、ですね……」

年長の娼婦からの労《いたわ》りを聞き、エリシアは曖昧に微笑む。だが先ほどからずっと、カミラの言葉が頭から離れなかった。

(先輩がおっしゃる通り、アレクシス様はきっととんでもない額のお金を支払ってくださっている……。それなのに私、ちゃんとお勤めしなくていいのでしょうか——)

ちらりと視線を落とし、服の上からでも大きいと分かる自分の胸を見る。

そのままエリシアは、ぐっと唇を噛《か》みしめるのだった。


その日の夜。

いつものように外套と上着を脱ぎ、シャツ姿のままベッドに座っていたアレクシスに向かって、エリシアは勢いよく頭を下げた。

「今まで、本当に申し訳ありませんでした！」

「そう言われても、元々添い寝を頼んでいたのは俺の方で……。君が気にする必要はないと思うが」

「いいえ、そういうわけにはまいりません！　せっかく高いお金を払ってくださっているのに、何もご奉仕出来ないままなんて……」

「…………」

エリシアの言葉を聞きながら、アレクシスはわずかに眉根を寄せていた。だがすぐに息を吐き出すと、銀色の髪をがしがしと掻《か》く。

「……まあ、これが仕事だというなら、そうなんだろうな」

「す、すみません……」

「それで？　俺はいったい何をすればいい」

「ええっと、その……」

アレクシスから逆に問われ、エリシアは続く言葉に詰まってしまった。カミラの言うことに従うのであれば『抱いてほしい』というのが正解だろう。

しかし――。

（アレクシス様に直接『エッチしてください』と言う……!?）

向こうが求めてくるのであれば、ここがそういう場所である以上拒むことは出来ない。だがエリシアの――娼婦の方から迫るのははたしてアリなのか。

（そ、そもそも、恥ずかしすぎます……！）

だがこのままではらちが明かない、とエリシアは必死に他の返答を探す。そこで昼間同様、自身の大きな胸に視線を落とした。

（そうだ、私のこれは武器になると――）

先輩娼婦の言葉を思い出し、エリシアは力強く拳を握った。

「む、胸を触ってください!!」

「はあっ!?」

目の前にいたアレクシスが、聞いたことのない大声を上げる。エリシアはその場で膝立ちになると、目をぎゅっと瞑《つぶ》ったまま彼に胸を突き出した。

「ど、どうぞ！」

「ど、どうぞと言われてもだな……」

「私なら大丈夫ですので！」

羞恥で頬を真っ赤にしているエリシアを前に、アレクシスはしばし逡巡《しゅんじゅん》する。だがどうあっても引きそうにないと判断したのか、こくりと唾を飲み込んだあと、そっとナイトドレスの上からエリシアの胸に触れた。

初めての感触に、エリシアはたまらず声を漏らしてしまう。

「あっ……！」

「す、すまない！　痛かったか？」

「ち、違います、大丈夫です」

すぐに手を離してしまったアレクシスに謝りつつ、エリシアはスーハスーハと呼吸を整える。もう一度彼の手が胸に伸びてきたのを感じ、今度は必死になって声を抑えた。

（アレクシス様が、私の胸を……）

生地が薄いせいか、彼の体温や指の硬さまでもがはっきりと肌に伝わってくる。その触れ方は実に優しく、エリシアは名状しがたいもどかしさに包まれた。

「あの、もっと強くしても、平気なので……」

「……ああ」

エリシアの言葉を聞き、アレクシスがぐぐっと力を込める。表面を撫でるだけだった指先がむにゅ、むにっと埋まるくらいになったものの、きっとまだ足りないだろう——とエリシアは彼の手に自身の手を重ねた。

「アレクシス様、もっと……」

「……っ！」

やがてアレクシスは、両手でしっかりとエリシアの胸を揉《も》み始めた。彼の大きな手にかかってもエリシアの胸は収まり切れず、先輩娼婦が口にしていた『普通におっきい』という評価をぼんやりと思い出す。

(私の胸って、やっぱり大きい方？　なのでしょうか……)

そのままもにゅ、もにゅっとわしづかみにされ、エリシアはたまらず小さく身を捩《よじ》る。するとナイトドレスの肩紐《かたひも》がはらりと落ち、片方の胸がむき出しになってしまった。アレクシスの手が乳首を直《じか》にかすめてしまい、エリシアは「ああんっ」と体を震わせる。

「す、すまない！」

「わ、私こそすみません！　服が……」

「い、いや、俺の方こそ……」

なんだか気まずい雰囲気になり、エリシアは「どうしましょう」と戸惑う。するとアレクシスが、エリシアの肩にとさっと毛布を掛けた。

「今日はもうやめておこう」

「え？　で、でも」

「その、眠れなくなりそうで……」

「眠れなく……？」

ふと視線を落とす。そこにはアレクシスのズボンがあり、股間にあたる部分が不自然なほど大きく膨らんでいた。エリシアはしばし目をしばたたかせていたものの——その意味を理解した途端、毛布の両端を摑《つか》んでこくこくっとすばやくうなずく。

「ね、寝ましょう！　すぐに！」

「あ、ああ……」

互いに顔を隠しながら、二人は慌ただしくベッドに倒れ込む。普段なら胸元に彼を抱きしめるのだが、今日はとても出来る気がせず——エリシアはアレクシスに背を向けたまま、朱に染まった頬を両手で挟み込むようにして押さえた。

（ア、アレクシス様は男性なのですから、当然の反応で……）

同時に、あられもない声を漏らしてしまった先ほどの自分を思い出す。エリシアはいやらしい雑念を振り払いながら、必死に眠気が訪れるのを待つのだった。


翌日。

エリシアは食堂にいた先輩娼婦たちに、おそるおそる尋ねた。

「あの、つかぬことをお伺いするのですが……む、胸でのご奉仕とは、いったいどのようにすればいいのでしょうか!?」

顔を真っ赤にしたエリシアを前に、先輩娼婦たちはぽかんとする。だがすぐに「あははは っ」と明るい笑い声を立て始めた。

「ちょっとなに、急に！」

「もしかして、昨日の本気にしてるの？　やだ、可愛《かわい》い〜」

「す、すみません。でも、やっぱりちゃんとお勤めしないといけないと思いまして……」

「真面目だねえ。ま、それで馬鹿正直に聞いてくる子も珍しいけど」

先輩娼婦たちはそれぞれ「うーん」と思案したあと、自分の持つテクニックを口にする。

「男の人って意外と勘違いしてるけど、揉まれても実際そんなに感じないよね〜」

「やっぱり先っぽ？　でも指で何度も強くされるのは嫌ー」

「とりあえず相手の体に乗っちゃえば？」

「それなら上に乗って、下からわしづかみされるのとかエッチで燃えるかも」

「あたし吸ってもらうの好き。ていうか、男の人も乳首いじられるの嫌いじゃないよね」

「あー分かる〜」

（は、はわわわ……）

赤裸々な暴露にどぎまぎしつつ、エリシアは脳内のメモにしっかりと書き記す。やがて娼婦たちの中でも特に経歴の長い一人が「ふっ」と片笑んだ。

「あんたたち、まだまだお子様だねえ。奉仕っていうくらいなんだから、相手を気持ちよくさせないと」

「と、言いますと……」

「もちろん挟むんだよ。男のアレを、こうして」

そう言うとその先輩は、両腕で自身の豊かな胸をぎゅっと寄せあげた。よく理解出来ていなかったエリシアだったが、しばらくしてぼふっと顔から湯気を立てる。

「はっ、はっ、挟むんですか!?」

「そうだよ。手でする方が強くていいらしいが、ここはまた違った感触らしい」

「違った感触……」

百戦錬磨のお姉様方から秘策を伝授され、いよいよエリシアの思考は限界を迎え始める。すると先ほどのベテラン娼婦が、懐からピンク色の小瓶を取り出した。

「そうだ。胸での奉仕に興味があるなら、これ使ってみな」

「これは？」

「錬金術師に作ってもらった薬さ。体に悪いものは入ってないから、まあ騙《だま》されたと思って」

「あ、ありがとうございます！　それではあの、お代を……」

慌ててポケットをまさぐるエリシアを見て、ベテラン娼婦は「いいよいいよ」と笑った。

「あんた、いつも頑張っているだろう？　そのお礼だよ」

「お礼……」

「いつもテーブルに花を飾ってくれているだろう？　食堂もトイレもいつもピカピカだ」

「そういえば、仕事部屋の掃除もすっごい早いよね。なのに綺麗だし」

「待っている間も気分よく過ごせたと、お客様からも褒められることが増えたのよ。ありがとね、エリザ」

「い、いえ……」

なぜか他の娼婦たちからも褒められ、エリシアはつい頬を染める。慣れない仕事で四苦八苦していたが、先輩娼婦たちはしっかりと今までの努力を見ていてくれたようだ。

（すごく、嬉しいです……）

手のひらに乗ったピンクの小瓶がまるで宝物のように見えて――エリシアは嬉しそうにはにかむと、大切にそれを両手で包み込むのだった。

その日の夜。

アレクシスが訪れる頃合いを見計らって、エリシアは小瓶の蓋を開けた。

（いったいどんな感じになるのでしょうか……）

舌にどろりと甘いものが流れ、勇気を出して嚥下《えんか》する。体調の変化を窺《うかが》っていると、やがてコンコンと馴染みのあるノックの音がした。

「すまない、遅くなった」

「い、いえ！」

入ってきたアレクシスから外套を受け取り、ハンガーに掛ける。外套はしっとりとした冷気を帯びており、エリシアはあらためて外の寒さを実感した。

「今日も寒かったんですね」

「ああ」

「じゃあ早く温めないと」

そう言うとエリシアは彼のもとに行き、氷のようになったアレクシスの手を両手でぎゅっと包み込んだ。その瞬間、アレクシスがぼんっと頬を染める。

「こ、これも仕事なのか？」

「えっ？」

「いや、その……」

真っ赤になって口ごもるアレクシスを前に、エリシアははてと小首をかしげる。だが彼の視線が繋いでいる両手に注がれていることに気づき、慌ててぱっと手を離した。

「こっ！　これはそのっ、弟とかにもしていたので、それで」

「弟……」

「ああ違うんです！　だから、そんなに深い意味はなくて」

今まで散々同衾してきたというのに、手を繋ぐだけでこんなに恥ずかしいなんて。

エリシアは赤面した顔を隠すようにくるりと彼に背を向けた。そのまま逃げるようにして、部屋の中央にあるベッドへ駆け寄る。

「あ、あの、今日もお願いします」

「……ああ」

後から来たアレクシスがベッドに入ったのを確認し、エリシアはおずおずと隣に腰かける。こくりと息を呑《の》むと彼の両肩に手をかけ、そのままゆっくりと彼の体を跨《また》いだ。真正面から馬乗りになられたアレクシスは、突然の体勢にぎょっとする。

「エ、エリザ？」

「その、先輩から、こうすると男性は喜ぶと聞いて……」

正直に答えたあとで、エリシアは「はっ」とさらに顔を赤くした。

（ひ、人に教えを乞うたのがバレてしまいました……！）

なんだか無性に恥ずかしくなり、エリシアはとにかく早くことを進めようとみずから胸元のリボンを解《ほど》く。ナイトドレスの前身頃がはだけ、豊満な乳房と可愛らしいピンクの乳首がアレクシスの眼前に惜しげもなく晒《さら》された。

「ど、どうぞ……」

「……っ」

ごくり、とアレクシスが唾を飲む音が聞こえ、そのままエリシアの胸に手が伸びてくる。長く男性的な指の合間に、自身の白い肌がめり込んでいる光景にドキドキしつつ、エリシアは昨日以上の使命感に囚《とら》われていた。

（今日こそ、ちゃんと楽しんでいただかないと――）

アレクシスは最初、遠慮がちにエリシアのふくらみを撫でていた。

だが指先を胸の下側に滑らせたかと思うと、たっぷりとした重量を確かめるかのように手のひらの上で何度も乳房をもてあそぶ。その際すり、と手が肌の表面をすべってしまい、指先の一部がエリシアの乳首を強くかすめた。

（んっ……！）

突然の刺激に、エリシアはたまらず嬌声《きょうせい》を上げかける。だがすんでのところで堪《こら》えようと、ぐっと自身の両足を引き寄せた。その結果、太ももの下にあったアレクシスの体をぎゅっと挟み込む形になってしまい——気づいた彼が慌てて顔を上げた。

「だ、大丈夫か？」

「す、すみません……」

すぐに力を抜くも、股の間がなぜかきゅんきゅんとひくついており、エリシアは困惑しながら再度彼の体の上に腰を下ろす。

そこで下に穿《は》いていた下着ごしに、何か硬いものが触れた。

（？　何か、温かいものが……）

はてと視線を落とす。そこには昨日も目にした不自然なズボンの膨らみがあり、分厚い生地を押し上げるようにしてエリシアの下着と接していた。

（ア、アレクシス様のアレ……！）

柔らかいような硬いような。勃起している男性器の不思議な感触。それ以上腰を下ろせなくなったエリシアがぎくしゃくと硬直していると、アレクシスが申し訳なさそうに声をかける。

「エリザ、やはり俺は添い寝だけでも……」

「い、いえ！　これもお仕事なので！」

「しかし——」

その瞬間、ぽた、と何かがアレクシスの服の上に落ちた。

突然のことに二人は揃《そろ》って音のした方を向く。するとエリシアの可愛らしい乳首から、クリーム色の液体がとろーりとしたたり落ちていた。

「なっ!?」

「えっ!?」

エリシアは急いで拭き取ったものの、謎の液体は次から次へと溢《あふ》れ出してくる。胸の表面を伝い落ち、無防備な薄い腹へ。そのままエリシアの太ももの間を垂れ落ちては、下にあるアレクシスのズボンを濡らしていく。

混乱のまま、エリシアは慌てて自身のナイトドレスを掻き抱いた。

(どうしていきなり、母乳!? が!?)

そこでエリシアは先輩娼婦から貰った秘薬のことを思い出した。胸での奉仕に――と言っていたから、おそらくこうした『特殊なプレイ』を楽しむためのものだったのだろう。

(ど、どうしましょう……!)

必死に奮闘していたエリシアだったが、ついにナイトドレスの生地だけでは吸いきれなくなってしまい、溢れ出た母乳がシーツにまで垂れ始めた。エリシアは自身の両腕で胸を覆い隠したまま、半泣きになってアレクシスに謝罪する。

「すみません、アレクシス様! す、すぐになんとかしますので……」

「な、なんとかって……」

「離れていただかないとお召し物が汚れて――ああっ!」

口にしている傍《そば》から、白い液体がぴゅっとエリシアの先端から吹き出した。鼻先でそれを目撃したアレクシスはとっさに母乳を手で受け止めると、そのままエリシアの胸を自身の手でも塞ごうとする。だが──。

「ア、アレクシス様!?」

「──っ！」

彼もまた混乱していたのだろう。アレクシスは重なり合ったエリシアの腕をどかすと、そのまま自身の顔を胸に近づけ──エリシアの乳首を咥《くわ》え込んだ。その直後、ちゅうう、という未知の刺激がエリシアを襲う。

「やっ、やだっ!?　アレクシス様、あっ……!!」

エリシアは懸命に彼の顔を引き離そうとしたが、アレクシスはエリシアの腰を抱き寄せたまま、なおも強く吸いついてくる。乳輪を彼の舌が舐《な》め、その男らしい口元がすぼめられるごとに、極上の快感がエリシアに降り注いだ。

（の、飲んで……）

こくん、とアレクシスの立派な喉仏が上下し、ようやく乳房から顔が離れる。だが彼はもう一方の乳首に目を向けると、そちらもそっと口に含んだ。形の良い唇に挟まれ、ちゅ、ちゅっと断続的に吸い上げられる。

「んっ……あっ……！　やあっ、んっ……!!」

気づけばエリシアは彼の両肩に手を置き、奉仕されるがままになっていた。

吸われるのが好きという先輩もいたが、たしかにこの感触は今までに味わったどんな快楽よりも癖になりそうな気がする。先端を強く吸い上げられるたび、太くて厚い舌が執拗《しつよう》にそこをいじるたび、太ももの間がむずむずしてエリシアは無意識に腰を揺らす。

（ダ、ダメです、こんな……）

こんな破廉恥なこと、やめさせるべきだと頭の中では警鐘が鳴っている。だが先ほどから下半身が、もっともっとと彼を求めていて——エリシアはアレクシスのズボン、しかも持ち上がっていた部分に、自分の大切な場所を押しつけたい欲求に駆られていた。

そんな葛藤を知る由もなく、アレクシスはエリシアの両方の乳房に手を伸ばしてくる。そのまま大きな手で同時に揉みしだかれ、エリシアは背中を反らして歓びの声を上げた。

「あっ……アレクシス様ぁっ……！」

「エリザ……」

初めての快楽に怯《おび》えて身を捩るエリシアを、アレクシスが熱っぽい瞳で見つめる。

その後も飽きることなく胸を愛撫《あいぶ》され——エリシアは長い間、甘い悲鳴を『真珠の間』に響かせ続けたのだった。


二時間後。

二人は互いに背を向け、ベッドに座っていた。

「ほ、本当に申し訳ありませんでした！　まさか、こんなことになるなんて……」

「いや、俺の方こそとっさにとはいえ、その、失礼な真似を……」

「い、いえ！　とても助かりました！」

エリシアが慌てて振り返るも、アレクシスはまだ背中を向けたまま。頼りがいのある立派な肩が明らかに落ち込んでおり、エリシアは彼のシャツのすそをそっと引っ張る。

「あの、変なことをさせてしまって、ごめんなさい……」

「………」

「多分、変なお薬ではないと思うのですが、ちゃんと聞いておきますので……」

先輩から貰った薬とはいえ、一度仕事の前に試してみるべきだった。自らの不用心さが情けなくなり、エリシアはそれ以上何も言えなくなってしまう。

すると今まで一度として振り返らなかったアレクシスが、ようやくおずおずと振り返った。その顔は今まで見たことがないほど真っ赤になっており、エリシアもつられて赤面する。

「そんなに気にしなくていい」

「アレクシス様……」

「だが本当に危険な薬の場合もある。これからは無闇に口にしないことだ」

「は、はい！　気をつけます！」

エリシアの元気のいい返事を聞き、アレクシスが苦笑する。

それを見たエリシアもまた、恥ずかしさと安堵に包まれるのだった。


翌日の昼。

エリシアは薬をくれた先輩娼婦のもとにすぐさま駆け寄った。

「あ、あの！　昨日いただいたお薬のことなんですが！」

「ああ、どうだった？　良かっただろ？」

「良かったもなにも、まさかあんな効果があるなんて……」

「出てきたのは母乳じゃなくて単なる栄養剤だから安心しな。あ、いや精力剤か」

「せ、精力剤……!?」

まさかの発言にエリシアは思わず蒼白になる。一方、先輩娼婦は初心《うぶ》なエリシアの反応を見て楽しそうにケラケラと笑った。

「でも盛り上がっただろう？　『授乳プレイ』」

「そ、それは……」

指摘され、あらためて昨夜のことを思い出す。

すぐ目の前に迫る、アレクシスの美しい顔。銀の髪は想像していた以上に柔らかかったし、触れられた手のひらはごつごつとしていた。普段寡黙な唇は熱く、エリシアの乳首を夢中で吸い続ける姿は思わず『可愛い』と形容してしまいそうだ。

彼があぁして吸ってくれなければ、きっと互いの衣装もベッドシーツもびしょびしょになっていたことだろう。

（でもまさか、いきなり吸ってくるだなんて……）

あの場ではああするのが最善だった、他に良い方法がなかったからだわとエリシアは必死に自身に言い聞かせる。

だがそうして意識すればするほど、昨日のアレクシスをはっきりと思い出してしまい——結局、先輩娼婦に強く言い返せないまま、ぐぬぬと口をつぐむのだった。

◆　◆　◆

エリシアが一人苦悶《くもん》していた頃。

王立騎士団にいたアレクシスは、鍛錬の休憩時間にぼーっと空を見上げていた。

（エリザ……）

黒曜石のように美しい髪。キラキラと輝く黒い瞳。

頬を染めてはにかむ可愛らしい彼女を思い出していたアレクシスだったが、その回想はすぐさま昨夜の煽情《せんじょう》的なものへと切り替わった。

その瞬間、アレクシスは両手でがしっと頭を掴む。

（俺は、なんてことを……!!）

真珠のようなつややかな白い肌。思わず触れたくなる豊満で艶々とした丸み。その頂点を彩る愛らしいピンクの突起。そこから溢れ出る——母乳（？）。

（普通に考えれば俺の服で押さえるなり、シーツで隠すなり方法はいくらでもあっただろう！　それなのにどうしてよりにもよって、す、吸うなどと……！）

取り乱している彼女同様、アレクシスもパニックに陥っていた。だがはだけたナイトドレス姿で、大きな胸を涙目のまま隠そうとしているエリザを見た途端、わずかに残っていたはずの理性がどこかに吹き飛んでしまったのだ。

彼女に触れたい。あの胸に口づけたい。

そうして気づけば、欲望のまま彼女の乳房に向かっていた。

(しかし……あれはいったい何だったんだ？　先輩から貰った薬のせいだと言っていたが、あのように危険な品、いますぐ規制しなければならないのでは!?)

懸命に仕事に結びつけようとする一方、脳内はエリザのいやらしい半裸体で埋まっていく。

吸い上げるたび頬を染め、恍惚《こうこつ》とした表情を浮かべる彼女。大きな胸に反してくびれた細い腰が揺れ、心なしかアレクシスにすり寄ってくるかのようだ。舌の上を流れていく母乳（？）は甘く、それでいて腹の奥で燃えるように熱くなる。

いつしか、彼女の甘い喘《あえ》ぎ声に耳を支配され――。

(ダメだ……絶対に嫌われた……っ!!)

終始がっついていた自身の痴態を思い出してしまい、アレクシスは絶望した顔を両手で覆う。

するとそこに彼を娼館に連れ込んだ張本人――レナードが姿を見せた。

「どーしたアレクシス。いつにも増して顔色悪いぞ」

「レナード……」

「あっ、そういや聞いたぞ。お前、あの娼館に通ってるんだってな。それも毎日」

いきなり指摘され、アレクシスはぎくっと目を剝《む》いた。

「なっ……!?」

「いやー真面目なお前のことだから、あの日も何もせず帰ってそれっきりかと思ったら……。気にいってもらえたようでなによりだよ」

「ち、違う!!　俺は別に――」

「照れんなって。男なら馴染みの店の一つや二つあって当然だぜー？　それより誰狙いなんだ？もしかして、あの時つけてもらった黒髪の子か？」

「――っ!!」

図星をつかれ、アレクシスはみるみる顔を赤らめる。その反応にレナードがにやにやしていると、アレクシスの部下が報告書を手に現れた。

「失礼します、隊長――あっ、すみませんご歓談中に」

「ああ、いいっていいって。それより聞いてくれよ。こいつ、今めっちゃ恋してるみたいでさー」

「レナード!」

強引に肩を組んできたレナードに対し、アレクシスは本気の怒りを込めて叫ぶ。そんな二人を前に、アレクシスの部下はぽかんとした表情を浮かべていた。

「恋、ですか？」

「そーそー。っても相手はプロだけどな、高級娼館の」

「レナード!!　いい加減にしろ!!」

激昂《げきこう》するアレクシスをよそに、レナードは次々と暴露する。それを耳にした部下は何度かぱちぱちと瞬《まばた》いたあと、思わずといった風に微笑んだ。

「なんか……意外でした」

「何がだ!?」

「あっ、す、すみません!!　ただその、隊長でもそういうとこ行くんだなって」

「だから違うと……」

「急ぎではありませんので、またのちほど伺いますね！」

部下は爽やかな笑みを残し、すみやかにその場を離れていった。その背中を目で追っていたアレクシスが、再び怒りの矛先をレナードへと向ける。

「レナード!!　いったいどうしてくれるんだ！」

「何がだよ？」

「よりによって部下に……上官がこんなのだと呆《あき》れられただろうが！」

「そうかー？　うちの若い奴《やつ》らはむしろ『可愛い子がいるおすすめの店どこですか？』とか聞いてくるけど」

「お前と一緒にするな!!」

肩に回されていた腕を無理やり振りほどき、レナードを睨《にら》みつける。一方レナードは大したことではないとばかりに、にかっと白い歯を見せた。

「逆にオレは、もっとこういう素のお前を見せた方がいいと思うけどな」

「どういう意味だ」

「そのまんまの意味だよ。お前、部下の前だと顔怖いだろ？」

「そんなこと……」

「そんなことあるの。たしかに上司と部下という線引きはしないとまずい。でもあいつらだって同じ人間なんだから、命令ばっかじゃ嫌なこともあると思うんだよね」

「…………」

言い返そうとして、アレクシスはすぐに口を閉ざした。

この飄々《ひょうひょう》とした性格は腹立たしいが、彼の言うことには一理ある。

その証拠にアレクシスの部隊に比べ、レナードの部隊は隊員同士の仲が非常に良好で、任務の際も目覚ましい成果を上げていた。それはひとえに彼のリーダーたる資質によるもの、という上層部の評価も耳にしている。

「最近、顔色も良くなったみたいだし。ちょっと肩の力抜いて、あいつらと腹割って話してみるのもいいと思うがね」

「……検討する」

「おうよ。そんときゃ、童貞捨てた話でも披露してこい」

「……っ！」

バンと強く背中を叩《たた》かれ、アレクシスはいったん落ち着いたはずの堪忍袋を爆発させた。

「言っておくが捨ててないからな！」

「は？　何言ってんのお前」

「だからそのっ……！　そういうアレは、して、いない……」

　弱々しい語尾になりながら、アレクシスは「俺は何を言っているんだ」と後悔する。それを聞いたレナードは本気で『理解出来ない』という目を向けた。

「してないって……毎日通ってんだよな？」

「不眠症改善のために一緒に寝てもらっている――その、変な意味ではなく、本当に同衾してもらっているだけだ」

「一緒に寝るだけ？　エッチなこと何もしないで？　たっけー金払って？」

「…………」

　一瞬、昨夜のあれこれが脳裏をよぎったが、アレクシスは無言で首肯した。それを目の当たりにしたレナードは呆れから一転、哀れみにも近い眼差《まなざ》しになる。

「ごめんオレ……お前がそうだとは知らなくて……」

「なんか誤解しているようだが、お前から謝られるようなことは何もないからな」

「いやまあ、でもそういうのもアリだよな。実際オレも、ああいうお仕事のお姉さんに話聞いてもらったりするしさ」

「仕事……」

「割り切った関係っていうの？　お互い金で繋《つな》がっているだけだから後腐れもないし。本名も知らない間柄だからこそ、打ち明けられることってあると思うんだよね」

　うんうん、と一人うなずいたあと、レナードはびしっと片手で敬礼した。

「そんじゃオレ、そろそろ行くわ。そうそう、ギルフォード団長が『隊長格はあとで部屋に来い』って。それ言いに来たんだった」

「……分かった」

じゃあなーと嵐のように去っていく悪友を見送り、アレクシスは地面に視線を落とす。

(本名も知らない、割り切った関係……)

自然とエリザの顔が浮かぶ。

アレクシスは再び自身の顔に手をやると、深いため息を零《こぼ》すのだった。

◆　◆　◆

その日の夜。

エリシアはドキドキしながら『真珠の間』でアレクシスを待っていた。

(まさか、今日も来てくださるなんて……)

昨日の失態を鑑みれば、今後指名してもらえなくなるかもしれない——と覚悟していた。それでなくとも数日は距離を置かれると思っていたのだが、意外なことにアレクシスはいつもと同じ時間に訪れるという連絡を寄こしてくれたのだ。

嬉しいと思う反面、恥ずかしさがそれを上回る。

(ですが、あらためて謝るチャンスでもありますし……！)

やがてコンコンというノックの音がして、エリシアは出入り口へと駆け寄った。アレクシスを迎え入れようと扉を開ける。

すると目の前に、薔薇《ばら》を集めた大きな花束が差し出された。

「きゃあっ!?」

「す、すまない！　驚かせるつもりはなかったんだが」

「い、いえ……。あの、これはいったい」

「その……昨日の詫《わ》びにと思って……」

ぐい、となかば無理やりに押しつけられ、エリシアはぱちぱちと瞬く。見ればアレクシスの顔は、外気の寒さによる影響以上に赤くなっており、それに気づいたエリシアは思わずぎゅっと花束を抱きしめた。

「詫びだなんて……。謝らないといけないのは私の方ですのに」

「いや、昨日の俺はどうかしていた。君に、あんな……」

「……………」

「……………」

言いかけて口ごもるアレクシスを前に、エリシアもまた赤面した状態で答えに窮する。二人して扉のところで立ち尽くしていたことに気づき、慌てて彼を室内に招き入れた。

「と、とりあえず、中に入ってください！」

「あ、ああ……」

もらった花束を花瓶に生け、アレクシスが待つベッドへと向かう。だが隣に腰かけるのはなんだか恥ずかしく、エリシアは少し距離を空けて座った。その後もしばらく長い沈黙が続き――ようやくアレクシスが切り出す。

「あらためてその……昨日は失礼した」

「こちらこそ、本当に申し訳ありませんでした！　念のため確認したのですが、やはり体に毒となるものは入っていないそうです。ただその、出てきたものは母乳ではなく、せ……精力剤だったみたいで」

「精力剤……」

単語をぼそりと繰り返したあと、アレクシスはなぜかカッと頰を紅潮させた。

「そうか、それで……」

「あの、アレクシス様？」

「いやなんでもない。だが昨日も言った通り、君にどんな影響があるか分からない。今後ああいった薬は控えた方がいいと思う」

「は、はい！」

膝に置いた手を握りしめながら、エリシアは大真面目に答える。それを見たアレクシスは安堵した表情を見せ――すぐに真剣な顔つきになった。

「ところで、一つ聞きたいんだが」

「はい。何でしょうか？」

「……エリザ、というのは君の本名なのだろうか」

「え？　ええと……」

当惑するエリザに気づき、アレクシスが慌てて付け足す。

「もし教えたくないのなら、言わなくていい！　ただこういった店ではみな、偽名を使っていると聞いて……。もしかしたら君にも、本当の名前があるのかと気になって……」

「アレクシス様……」

偽名を使うのは、たちの悪い客から身を守るため。普通に考えれば隠し通すべきだろう。

だが――。

「……私の本当の名前は『エリシア』と言います」

「エリシア……」

彼にだけは偽りのない自分を知ってほしくて、エリシアは素直に本名を打ち明けた。アレクシスは噛みしめるようにつぶやくと、何かを考え込んだまま静かに礼を言う。

「打ち明けてくれて感謝する」

「い、いえ……」

「それで、もしよければなんだが……。これからはその……君のことを、エリシアと呼んでもいいだろうか？」

「えっ？」

「なんというか……君自身と、きちんと向き合いたいんだ」

緊張したアレクシスの眼差しを受け、エリシアは思わずうなずいた。

「は、はい！　アレクシス様さえよければ……」

「──ありがとう」

（……っ！）

そう言って微笑んだアレクシスの顔は普段からは想像できないほど柔和で、エリシアは自身の鼓動が高鳴るのをはっきりと感じ取った。同時に両頬がみるみる熱くなる。

（アレクシス様が、笑っ……!?）

どうしよう。まさか男性──しかも自分より年上相手に『可愛い』と思うだなんて。動揺する自身をごまかすように、エリシアはすぐさま話題を切り替えた。

「あ、あのっ！　そろそろ今日のご奉仕を始めさせていただいてもよろしいでしょうか!?」

「それなんだが、昨日のこともあるしあまり無理はしなくても──」

「いいえ！　ちゃんとお仕事させていただかないと！」

「仕事……」

アレクシスがわずかに気落ちしたのに気づかぬまま、エリシアは慌ただしく彼をベッドの中央へと誘った。ヘッドボードに背中を付けさせると、昨日と同様、アレクシスの体を跨いで馬乗りになる。

「きょ、今日は何も出ませんので……」

「あ、ああ……」

おそるおそるといった風に、アレクシスの手がエリシアの胸に伸びてくる。ナイトドレスの薄布越しに優しく揉まれ、その手つきにエリシアはぐっと唇を噛みしめた。

（や、やっぱり、昨日を思い出してしまいます……！）

予期せぬハプニングだったとはいえ、あの気持ちよさは正直癖になるレベルだった。大きな手でやわやわと愛撫されるだけではどうしても物足りず、エリシアは彼に胸をさらけ出し、乳首を強く吸ってほしいとすら願ってしまう。

（でもそんなこと言ったら、はしたないと思われますよね……）

そんなことを考えていると、アレクシスの親指の腹が乳首の先端に触れた。生地と一緒にくりっ、と強くこねられ、エリシアはびくっと腰を跳ねさせる。

「あっ……！」

「っ、すまない。痛かったか？」

「だ、大丈夫です。それより、もっと……」

じっと彼の唇を見つめてしまい、エリシアは知らず頬を染める。アレクシスはそんなエリシアを無言で見つめつつ、なおも乳頭の先を刺激し続けた。

薄布を持ち上げたそこに指を添え、くりくりと小刻みに上下させる。突起は次第に硬度を増し、アレクシスの手の中でぷっくりと存在を主張し始めた。

「んっ、あっ……！　アレクシス様ぁ……！」

「エリシア……」

乳輪部分を円を描くようになぞられたかと思えば、つまんでくいっと引っ張られる。爪先でぴん、ぴんと優しく弾《はじ》かれたあと、指の腹を使って丹念にこね回された。

(触り方……えっち……)

以前に比べて随分と手技のパターンが増えており、エリシアは必死になって快感を意識の外に逃がし続ける。だが下腹部に溜《た》まっていく熱に耐え切れず、ついにもじもじと太ももをこすり合わせてしまった。

(我慢できないっ……)

気づけばエリシアは腰を下ろし、アレクシスの体に自身の大切な場所を押し当てていた。下着と彼のズボン越しに互いの秘部が触れ合う。熱のこもったその部分は生地の上からでも分かるほどはっきりと膨らんでおり、エリシアはなんだか嬉しくなってしまった。

(アレクシス様も、感じてくださってる……)

布地の奥に確かな熱量を感じ取ったエリシアは、たまらず口にしていた。

「あ、あのっ……こちら、触っても良いでしょうか」

「こちら、とは……」

「…………」

エリシアは返事をする代わりに、アレクシスの足の間にそっと手を伸ばした。意味を理解したアレクシスは大きく目を見開いたあと、すぐに視線をそらす。

「そ、その必要はない」

「でも男の人は、このままでは苦しいと聞いたことが……」

「そんなこと気にしなくていい。だいたい、君の手が汚れてしまうだろう」

「それは……」

アレクシスの言葉を聞きながら、エリシアはかつて先輩が言っていた行為を思い出した。

「でしたら、胸で触るのはどうでしょうか」

「む、胸で？」

そう来るとは思っていなかったのか、アレクシスはぱちぱちと何度も瞬く。

その間にもエリシアは、彼の肩に置いていた手を少しずつ下へと移動させた。その行動を固唾《かたず》を呑んで見守っていたアレクシスだったが、己のベルトに手がかかったところで、ようやくエリシアの手を取る。

「だから、ここまでする必要は」

「でも、これが私のお仕事なので……」

「くっ……！」

アレクシスは頬を真っ赤に染めたまま、しばし苦悶しているようだった。だが最終的に解放してくれたため、エリシアはおずおずと彼の下半身に手を伸ばす。

まさか婚約者でもない男性相手に、こんなことをするなんて――。

（恥ずかしいですけど、ちゃんと頑張らないと……！）

慣れない手際でバックルを外し、ズボンの前をくつろげる。現れた黒い下着には隆起した男性器の形がくっきりと浮かび上がっており、エリシアは思わず唾を飲み込んだ。

（す、すごく大きいです……）

弟のミゲルが赤ちゃんだった頃、エリシアは何度もおしめを替えたことがある。だがその時に見たのは、これとは似ても似つかぬ可愛らしいものだった。

勇気を出して下着を押し下げる。ぶるんっと弾かれるように飛び出してきたのは、想像以上に立派なペニスだった。

「……っ!!」

「エリシア、本当に無理しなくていい。その……気分が良いものではないだろうし」

「だ、大丈夫です！」

エリシアは軽く拳を握ったあと、上体を屈《かが》めておそるおそる彼の下腹部に近づいた。自身の豊満な両胸にそれぞれ手を添えると、中央の谷間にアレクシスの男根を挟み込む。自在に形を変える柔肉が、むにゅう、とそれを包み込んだ。

（あ、あわわわ……!!）

初めて直に触れた成人男性の性器は、実に不思議な感触だった。

すべすべした柔らかい肉で出来ているのに、中心は芯があるかのようにしっかりと硬い。他の肌色よりも色素が沈着しており、どくどくというかすかな血流も感じとれる。鼻先に独特な匂いが漂っていたが、アレクシスのものだと思うとそれほど嫌悪感はなかった。

（……と、ところで、ここからどうすればいいのでしょうか!?）

聞きかじった知識の勢いだけで始めたものの、実際には何をすればいいのか。

とりあえず両手で胸を寄せ、強めに挟み込んでみる。しかし気持ち良いのか分からず、エリシアは上目遣いでアレクシスに尋ねた。

「あの、いかがでしょうか？」

「い、いかがとは……」

「痛いとか、気持ち悪いとか」

「そういったことは、ない、が……」

何やら険しい顔つきになってしまったアレクシスを前に、エリシアは一人焦る。

（たしか、ここは擦《こす》ると良いと……ええと、つまり——）

寮の食堂で先輩たちがしていた猥談《わいだん》を必死に思い出し、エリシアは両胸をさらに寄せる。そのまゆっくりと自身の上体を持ち上げた。

「んっ……」

「エ、エリシア？」

竿《さお》の部分を覆っていた胸が、亀頭の先っぽギリギリまでを埋没させる。雄々しく天を衝《つ》くそれを、エリシアはぎこちない動きで上下にしごいた。真っ白い肌が赤黒い男根を攻め上げる様は、男性経験のないエリシアの目にすら煽情的に映る。

（こ、これで……）

はたして合っているのだろうか、とこわごわ彼の様子を窺う。

視線を上げたエリシアの目に飛び込んできたのは、下唇を嚙みしめ、顔を真っ赤にして快感に耐えるアレクシスの姿だった。

「っ……くっ……」

(アレクシス様……可愛い)

すると胸に突然、透明な液体がとろりと伝い落ちてきた。驚いたエリシアが発生源を探すと、どうやらアレクシスの鈴口から溢れているようだ。

(これは精液?　でしょうか……)

子種——精液は白濁していると聞いていたが、透明なものもあるのかもしれない。

透明なそれはその後も少しずつ量を増し、エリシアの谷間へつうっと流れ込む。それが潤滑油の役割を果たし、挟み込んでいたその部分の動きが次第にスムーズになった。くちょ、ぐちょっという音が天蓋の中に満ち、アレクシスの性器がさらにむくむくと肥大する。

嬉しくなったエリシアは、夢中になって体を上下させた。

「アレクシス様、気持ちいいですか……?」

「あっ……ああ……。んっ……!」

エリシアの手から零れた乳房の下側が、アレクシスのものの付け根をたぷっ、たぷんと叩く。その甘い振動は、彼に先ほど以上の興奮を与えているようだった。

(もう少し……)

谷間を狭めようと、エリシアはぐぐっと両脇を締める。だがその瞬間、頭上のアレクシスがあられもない声をあげた。

「ッ、あっ……！」

「――!?」

その直後、エリシアの顔に生暖かい液体が大量に降り注いだ。びっくりして目を見開いていると、アレクシスが慌てて腰を引く。

「す、すまない!!　大丈夫か!?」

「は、はい……。あの、これは……」

「………」

アレクシスからの返事はなく、代わりにハンカチで慌ただしく顔を拭かれた。液体は顔だけではなく胸や手足にまで飛び散っており、エリシアはちらりと視線を落とす。

（白い……。もしかして、これが本当の精液でしょうか？）

そのまま手の甲や足の先を拭いてもらったところで、アレクシスがなぜかぴたりと動きを止めた。しばらく沈黙したかと思うと、難しい顔で新しいハンカチを差し出し、心の底から恥ずかしそうに願い出る。

「悪いが、胸は自分で拭いてもらえないだろうか……」

「は、はい！」

急いで受け取り、エリシアは胸にかかった精液をぬぐう。

そうして全身が綺麗になった頃にはアレクシスはズボンを穿いており、苦虫を噛み潰したような顔つきで声を絞り出した。

「その……すまな、かった……」

「アレクシス様？」

「君に……いや……もう最低だ……」

アレクシスはぶつぶつとつぶやきながら、ふらついた様子でベッドから下りた。壁に掛けてあった外套をむしり取ると、足早に『真珠の間』をあとにする。

「今日はもう帰らせてもらう。金は払ってあるから、朝までここで休んでくれ」

「えっ⁉　で、でも添い寝は……」

「悪いが……そんな気分になれない……」

それだけ言い残すと、アレクシスは静かに扉を閉めた。慌ただしく階段を下りていく足音を聞きながら、エリシアはベッドで一人愕然《がくぜん》とする。

（わ、私……何か粗相をしてしまったのでしょうか⁉）

胸で性器を愛撫するとはこういうことではなかったのか。

あまりに下手で呆れられたのか。それとも気持ち悪かったのか。痛かったのか。

いずれにせよ――。

（アレクシス様に……嫌われてしまいました……！）

どうしてだろう。懸命に仕事をしようとすればするほど、なぜか裏目に出てしまう。肩からずり落ちたナイトドレスの紐を手繰《たぐ》り寄せながら、エリシアは目に涙を浮かべるのだった。

◆　◆　◆

翌日。

アレクシスは王立騎士団の執務室にいる悪友――レナードの元を訪れた。

「……ちょっといいか」

「お前から来るとは珍しいな。どうした？　顔が土気色になってるぞ」

「…………」

どこか嬉しそうなレナードを一瞥《いちべつ》し、アレクシスはしばし口をつぐむ。だが覚悟を決めると、思い切って打ち明けた。

「その……女性に贈る品について、相談に乗ってほしいんだが」

「女性に贈る品？　プレゼントってことか？」

「あ、ああ。……実は、大変失礼なことをしてしまって、その謝罪にだな……」

いつもとは明らかに違うアレクシスの様子に、レナードは何かを察する。つかつかと彼の元に歩み寄ると、がしっと首に腕を回して引き寄せた。

「大変失礼なことって、何よ？」

「そ、それは……」

「まさかお前の口から『女性へのプレゼント』なんて単語を聞くことになるとはなー。んで？　相手はやっぱりあの黒髪の子か？　いったいどんなヘマやらかしたんだよ！」

「う、うるさい！　いいから聞いたことにだけ――」

「謝罪の内容が分からないと、どんなお返しがいいかなんて分かんないだろー？　ほれほれ、いいからお兄さんに全部話してみなって」

「くっ……！」

いつもの自分であれば、とっとと突き放して無視していただろう。だが悲しいかな、娼館や花街の事情に詳しく、こんな情けないことを相談できる相手は彼しかいない。

アレクシスは心の中の葛藤の天秤《てんびん》をガタンバタンと乱暴に揺り動かしたあと、ぼそり、と小さく口にした。

「それは……」

「それは？」

ぼそぼそ、と広い執務室の一角でアレクシスが耳打ちする。レナードは真面目な表情でしばしそれを聞いていたが、いきなり「ぶはっ」と噴き出した。

「お、お前、それって……」

「な、何か文句あるのか！」

「いや、オレも経験あるから恥ずかしい気持ちは分かるけどね……。しかしあの堅物・クソ真面目・『氷の騎士』と呼ばれたアレクシスが、こんな初々しい悩みを抱えるまでに成長するとは……お兄さん、感激で涙出そう」

「なんだその『氷の騎士』というのは」

「あれ、知らない？　王都の女の子、みんなお前のことそう呼んでるよ」

「な、なぜだ……」

初めて聞いたあだ名に狼狽《ろうばい》するアレクシスをよそに、レナードはにやっと口角を上げた。

「まあそれなら、アクセサリーなんかがいいんじゃないか？」

「アクセサリー？」

「あ、指輪は重たいからやめとけ？　そうだな、髪飾りとかブローチとかどうよ」

「……指輪はダメなのか」

自身の胸元——銀の鎖に通した母親の形見の指輪に意識を向ける。アレクシスの問いかけにレナードは「うーん」と唸《うな》った。

「指輪はなあ……ほら、どうしても結婚とか意識させてしまうだろうし」

「…………」

「相手はあの娼館の子だろ？　となるとやっぱり——」

すると廊下に面している執務室の扉が突然がちゃりと開いた。同時に張りのいいバリトンボイスが室内に響く。

「レナード——ああ、アレクシスもここにいたのか。ちょうど良かった」

「ギルフォード団長！」

現れたのは彼らのトップ——騎士団長のギルフォードだった。

一時期は副団長として活躍していたが、団長職に就任してからは訓練所に一切姿を見せない。今もその手には赤い宝石をあしらった指輪が輝いており、剣を握る者としてはどうしても違和感を覚える装いである。

いきなりの上官訪問に、アレクシスとレナードはすぐさま姿勢を正した。

「以前話していた件はレナード、お前の隊に頼むことになった。この資料に目を通しておけ」

「はっ！」

「それからアレクシス。以前医官から『不眠の傾向あり』と報告があったが――」

「そ、それは……」

おもむろに問われ、アレクシスはわずかに戸惑う。それを見たレナードは助け舟を出すかのように口を挟んだ。

「それでしたら、もう解決しているみたいですよ」

「ほう？　腕利きの医者でも見つかったか」

「それがこいつ、最近娼館でお気に入りの子を見つけたみたいで。最近もっぱらその子のところで寝てるらしいんですよ」

「お、おい！」

「ほう、堅物なお前にしては珍しいな。そんなにイイ女がいたか」

「最近入った子らしくて。黒髪巨乳の清楚《せいそ》な感じでした！」

「レナード!!」

騎士団長相手にまで軽口を叩くレナードを、アレクシスは慌てて制する。一方ギルフォードは豪快にはっはと声を上げたあと、余裕のある笑みを浮かべた。

「ようやく息抜きを覚えたか。お前はそういうところ、妙に真面目だったからな」

「だ、団長まで……」

「しかし遊びと本気の区別はつけておくようにな。人間には、付き合うにふさわしい身分というものがある。女にうつつを抜かして、自らの価値を下げることがないように」

「……心得ておきます」

「ああ。それでいい」

ばん、と強く肩を叩かれ、ようやくギルフォードが退室する。

扉が閉まり切ったのを確認したところで、隣にいたレナードが「はあーっ」と大げさに息を吐き出した。

「こっ……えー!! やっぱすげーなあの人」

「お前、なに余計なことをべらべら喋《しゃべ》ってるんだ！」

「いやだってあの迫力、無言じゃ耐えきれんだろ。あの人に目をつけられたら、どんな有望株でも一発で閑職行きだって聞くし――」

「………………」

レナードの言葉に、アレクシスがわずかに眉根を寄せる。それに気づいたレナードはすぐに「すまん」と頭を下げた。

「悪い、そういう意味じゃなかった」

「……いや」

「しかし団長、最近まったく現場に出てこないよな。見たか？　あのごつい指輪。今興味があるのは剣じゃなくて、王宮内での地位と権力だけなんだろうよ」

ギルフォードが出て行った扉を見やり、レナードはやれやれと肩をすくめる。

アレクシスもそれを見て、静かに唇を噛みしめるのだった。

◆　◆　◆

その日の夜。

エリシアは娼館の一階で、来客が使った茶器を洗っていた。手だけは動かしているものの、頭の中では先ほどからずっと、昨夜のやりとりが繰り返されている。

（いったい、どうすれば良かったのでしょう……）

いつもであれば『真珠の間』でアレクシスを待っている時間。しかし今日は予約の連絡もなければ、遅刻をするという報告もない。

（やっぱり私、嫌われ——）

手にした茶器の輪郭が、涙でじわりと歪《ゆが》む。

するとコンコン、と硬質なものがぶつかり合う音が背後で響いた。慌てて振り返ると、キセルを手にした娼館の女主人——シルヴィアが扉のところに立っている。

「エリザ、ここにいたのかい」

「シルヴィアさん……」

「あんたに客だよ。とっとと二階に上がりな」

「は、はい！」

茶器を戸棚にしまい、急いで階上にある『真珠の間』へ。クローゼットに準備してあったナイトドレスに着替えながら、エリシアはこれまでにない不安に襲われていた。

(お客様って……いったいどんな方が……)

アレクシス以外の客を取るのは初めてで、エリシアはぶるりと身震いする。やがてノックの音がし、おずおずと扉に向かった。

(どうか、優しい方でありますように……)

「……はい、お待たせしまし——！」

だが扉の向こうに立っていたのはアレクシスその人だった。状況を理解出来ないエリシアは目をしばたたかせ、ゆっくりと小首をかしげる。

「アレクシス様？　どうして……」

「す、すまない……連絡を取る暇がなくて、こんな時間に……」

全力疾走してきたのだろう。アレクシスは珍しくはあはあと息を乱していた。それに気づいたエリシアは慌てて彼を部屋の中へと招き入れる。水差しからグラスに水を注いで手渡すと、アレクシスはそれをくいっと飲み干した。

「あ、ありがとう……」

「い、いえ……それより、どうしてこんな時間に」

「少し、準備に手間取ってしまった」

するとアレクシスは着ていた外套から小さな木の箱を取り出した。手渡されたエリシアが困惑していると、目線だけで「開けてみろ」と促される。おそるおそる蓋を押し開けると、中には銀で出来た髪飾りが収められていた。

「これは……」

「その……昨日君にとても失礼なことをしてしまったから、その詫びにと思って」

「お詫び……」

エリシアはそっと髪飾りを持ち上げる。長さの揃った櫛《くし》が美しく、表側には雪の結晶をモチーフにした精緻な装飾がほどこされていた。見た目以上に重さがあり、かなり高級な品だとエリシアはすぐに気づく。

「い、いただけません！　こんな立派なもの……」

「いや、どうか受け取ってほしい。せめてもの俺の気持ちだ」

「き、気持ちって……」

戸惑うエリシアをよそに、アレクシスは箱の中から髪飾りを取り出した。エリシアの髪の結び目に差し込むと、心から嬉しそうに顔をほころばせる。

「……ああ、やっぱり君の髪によく似合うな」

「そ、そんなこと……」

「もしよければ、ずっと身に着けていてくれたら――嬉しい」

「……っ！」

その瞬間、エリシアの目からぽろりと安堵の涙が零れた。慌てて拭ったものの、次から次へと溢れ出てくる。それを見たアレクシスは分かりやすくぎょっと目を見張った。

「す、すまない！　強制するつもりは――」

「ち、違うんです！　あの……ほっとしてしまって……」

「……？」

彼を心配させないよう、エリシアは懸命にえへへとはにかんだ。

「私、てっきりアレクシス様に嫌われたのだと思って……」

「嫌う？　俺が？」

「だって昨日、全然上手《うま》く出来なかったから……。アレクシス様もいつもと様子が違っておられたし、だからもう、来てくださらなくなるんじゃないかって……」

「エリシア……」

「だから、本当に嬉しくて――」

誰とも知らぬ相手と、床に入らねばならないと覚悟していたせいか。はたまた、もう二度と会えないと思っていたアレクシスの顔を見ることが出来たせいか。

言葉にしたことでますます涙腺が緩んでしまい、エリシアはなおも泣き濡れる。戸惑っているのはアレクシスの方で、泣く赤子を前にしたかのようにわたわたと両手を浮かせていた。

「す、すまない！　昨日はその、情けなくて……」

「……？」

「いやだからその……耐え切れなくて、君の顔に、アレを……。男として本当にふがいないというか、いたたまれなくて……」

「そんなものなのですか……？」

いまいちぴんと来ず、エリシアは涙目のままぽかんと首をかしげる。一方アレクシスは頬を赤く染めたまま、ぎこちなくこくりとうなずいた。

「俺が君を嫌うことは、絶対にない。だから安心してほしい」

「アレクシス様……」

真剣な彼の言葉が嬉しく、エリシアはほっと笑みを浮かべる。するとアレクシスが唇を嚙みしめ、いきなりエリシアを抱き寄せた。彼我の距離が一気に狭まり、エリシアは驚いたように彼の方を見上げる。

「あ、あの……」

「………」

（これって、もしかして……）

顎にアレクシスの手が添えられ、そのまま優しく固定される。エリシアは高まる心臓の鼓動を聞きながらこわごわと瞼《まぶた》を閉じた。だが彼の呼気が唇に触れる――と思った途端、アレクシスはぴたりと動きを止め、屈めていた上体をゆっくりと起こす。

「す、すまない、その……」

「い、いえ……」

二人の間に微妙な沈黙が流れる。やがてアレクシスは着ていた外套を慌ただしく脱ぐと、いつものベッドではなくソファの方へと向かった。

「お、遅くなったから、今日はもう寝よう。俺はこっちで寝るから」

「い、いけません！　でしたらベッドで――」

「いや、今日はダメだ……」

だがアレクシスは頬を紅潮させたまま、エリシアから視線をそらした。

「アレクシス様？」

「このまま、勘違いしてしまいそうで――」

「それはいったいどういう……」

しかしエリシアが確かめるより早く、アレクシスは背を向けて横になってしまった。

これ以上やりとりするのはなんだか恥ずかしく、エリシアはベッドに置いてあった毛布を抱えると、ソファで眠る彼のもとに歩み寄る。

背後からそっとかけながら、小さく口にした。

「あの……おやすみ、なさいませ……」

「……ああ」

アレクシスが今、どんな表情をしているのかは分からない。

だが髪の合間から見える耳は、見事なまでに赤くなっており――エリシアは彼に触れたくなる気持ちを押さえつつ、静かに踵《きびす》を返すのだった。

◆　◆　◆

翌日の早朝。

朝日の眩《まぶ》しい玄関先でアレクシスが振り返った。

「……じゃあ、行ってくる」

「はい。お気をつけて」

「その……今夜もまた、予約を入れる。だから……」

「お、お待ちしてます……」

付き合いたての恋人同士のような甘い沈黙が二人の間を流れる。

こうして出勤するアレクシスを送り出したエリシアは、ぽわぽわした気持ちで寮にある自分の部屋へと戻ってきた。部屋ではミゲルが気持ちよさそうに寝ており、ふふ、と目を細める。

（良かった……。アレクシス様に嫌われたわけではなくて――）

鏡台の前に座り、彼から貰った髪飾りを手に取る。キラキラと輝く雪の結晶たちを見つめると、エリシアは嬉しそうに笑みを浮かべた。

「綺麗……」

いそいそとつけ直したところで、エリシアは上着のポケットから小さな木箱を取り出した。髪飾りが入っていたケースだ。

(どこに置いておきましょう……)

悩んだエリシアは、鏡台のいちばん上の引き出しを開ける。

そこはこの部屋で唯一鍵のかかる場所であり、いままでにもらった給金やシルヴィアから借りている高価な化粧品などが入っていた。エリシアはそれらを整理したあと、木箱をその隙間に置く。

引き出しを閉めて鍵をかけたあと、鏡の前でぐっと両手を握りしめた。

「さ、今日も頑張りましょう!」

先輩たちが起きてくる時間までに掃除と洗濯を済ませ、それぞれの食事を準備する。買い物、接客の準備などやることは無限にあり、エリシアは休む暇なく働いた。

そして夕方――。

(さ、そろそろ夜の支度をしないと……)

アレクシスのことを考えると、自然と足取りが軽くなる。エリシアは寮の部屋に戻って鏡台の前に座ると、化粧をするためいちばん上の引き出しを開けた。

だがそこで大きく目を見張る。

「ない……」

引き出しの中は、なぜか空っぽになっていた。今朝の時点では確かにあった給金も化粧品もなくなっており、エリシアは引き出しを引っ張り出して何度も確かめる。だが他の引き出しにも部屋のどこにもそれらしきものはなく、エリシアは蒼白になった。

（どうして……？）

信じたくない想像が頭をよぎり、エリシアは自分の部屋をあとにする。階下にある食堂へと向かうと出勤前の先輩娼婦たちに尋ねた。

「あの、すみません。どなたか私の部屋に入った方はおられますか？」

「エリザの部屋？　いや、入ってないけど」

「あたしもー」

「何かあった？」

「い、いえ、その……」

どこまで話していいものかとエリシアは逡巡する。すると以前『授乳プレイ』の秘薬を授けてくれた先輩が「そういえば」と口にした。

「昼間、カミラがあんたの部屋から出てきたのを見たけど」

「カミラ先輩が？」

「ああ。てっきりミゲルの世話を頼んでいたんだと思っていたんだが、違ったのかい？」

「…………」

先輩たちが娼館に移動したのを確認すると、エリシアは二階にあるカミラの部屋を訪れた。木で出来た扉をノックすると、ほんの少しだけ隙間が開く。奥にはカミラが立っており、エリシアの姿を見ると面倒くさそうにつぶやいた。

「……何？」

「すみません、カミラ先輩。つかぬことをお尋ねするのですが……今日、私の部屋に入りましたか？」

「は？　入ってないし。なんか証拠でもあんの？」

「それは……」

エリシアとて口にしたくはない。だがここで得た給金は、今後ミゲルと暮らしていくための大切な資金だ。強く出られたからといって引き下がるわけにはいかない。

「実はその、大切なものがなくなっていて……皆さんに聞いているんです」

「なにそれ、あたしが盗んだって言いたいの？」

「ですから――」

カミラが強引に閉めかけた扉を、エリシアは必死になって引き留める。すると扉の下側で何かがコツン、と音を立てた。隙間からその正体を目にしたエリシアは、ドアノブを握っていた手にぐっと力を込める。

（この木箱、アレクシス様がくれた――）

そう気づいた瞬間、強い言葉がエリシアの口をついて出た。

「お願いです！　返してください!!」

「――っ!!」

思わぬ大声にひるんだのか、カミラの力がわずかに弱まる。その隙を見逃さず、エリシアは勢いよくドアノブを手前に引っ張った。カミラが廊下によろめき出たのと入れ替わるようにして、すばやく彼女の部屋へと飛び込む。

そこで見た光景にエリシアは言葉を失った。

「カミラ先輩、これはどういう……」

「………」

エリシアたちの部屋と大差ない小さな一室。古びた鏡台の前には安物の化粧品が並び、脱いだ服やゴミがそこら中に散乱していた。

そんな中、部屋の隅にあるベッドの上に一人の男の子が横たわっている。歳《とし》はミゲルとあまり変わらないくらい。ただし今は顔を真っ赤にし、苦しそうに唸っていた。

「この子は……」

「……ほんっと、めんどくさ……」

立ち尽くすエリシアの脇を通り抜けると、カミラはベッドの前にしゃがみ込んだ。ぼさぼさの髪を掻き上げると、煩わしそうに口にする。

「あたしの子だよ。生まれた時からややっこしい病気持ちでさ。ここの奴らに見つかって、うるさく言われるのも面倒だから黙ってた。父親が誰かとか、聞かれても分かんないし」

「そうだったんですね……」

男性を連れ込んでいるのではという噂はあったが、まさか子どもだったとは。

エリシアが続く言葉を探していると、カミラは子どもの手をぎゅっと握り込み、へらっと笑いながら吐き捨てた。

「あーあ。なんかもう、どーでもよくなってきちゃった。言いなよ、ママに」

「えっ？」

「あんたの金と化粧品、盗《と》ったのはあたし。シルヴィアママに言ったら即クビだろうね」

あはは、と自虐的なカミラの態度に、エリシアは眉根を寄せた。

「あの、どうしてこんなことをしたんですか？」

「金が欲しかった、それ以外になんかある？」

「先輩は、私よりずっと前から働いているんですよね。でしたらお金だって――」

「…………」

するとカミラは疲れた様子で唇を引き結んだ。

「どうせ、信じてもらえないだろうけどさ。……薬があるって言われたの。ちょっと前に知り合った若い男に」

「薬？」

「そ。なんかすごい有名なお医者さんと知り合いみたいで……。それがあればこの子の病気が治るって言われて、あたし貯《た》めてたお金、全部あげちゃったんだ。でも足りなくて――」

「まさか、それで……」

その時男の子が、うう、と苦しそうに体を捩った。体からずれた毛布を掛け直してあげながら、カミラは寂しそうに笑う。

「でも結局、偽物だった。飲ませてからずっとこんなで……熱が全然下がらないし、ずっと吐いてて……」

「ぴょ、病院へは……」

「金ないのに行けるわけないじゃん。あんな得体のしれない男に騙されて、ほんと……馬鹿みたいだよね」

それきりカミラは押し黙り、不安そうに子どもの手を握り続けた。突然の告白に動揺していたエリシアだったが、苦しむ子どもの姿につい弟のミゲルを重ねてしまう。

（とにかく早くお医者様に見せないと……。でもそんなお金、どこにも――）

そこでエリシアは突然、大きく目を見開いた。

「あの、少しだけ待っていてくれますか!?」

「……？」

そう言うとエリシアはカミラとその息子を残し、慌ただしく部屋を飛び出した。寮の裏口から王都の街へと出ると、大通りの方へと全力で駆け出していく。はあ、はあと息を切らせながら、一軒の質屋の前に辿《たど》り着いた。

（これならきっと――）

数十分後。エリシアはカミラの部屋へと戻ってきた。

その手には大量の銀貨が入った袋があり、そのままカミラに手渡す。

「なっ……!? これ……」

「このお金で、すぐに息子さんを病院に」

「エリシア、あんた……」

突然のことに、カミラはエリシアと銀貨の袋を何度も見返した。だがすぐに子どもを抱き上げると、涙声で扉へと向かう。

「ほんとごめん……。このお礼は、いつか絶対するから……」

二人がいなくなったのを確認し、エリシアはようやく「ふう」と息を吐き出した。床に転がっていた木箱を拾いあげると、そのまま正面にあった古い鏡台に目を向ける。

(大丈夫、次のお給料日までもうすぐですし——)

鏡に映るのは、いつもと変わらないエリシアの黒髪。

だがその結び目にあった銀の髪飾りが、ひっそりとその姿を消していた。


その日の夜。

『真珠の間』でエリシアはいつものようにアレクシスを出迎えた。

「お仕事、お疲れさまでした」

「ああ」

アレクシスから外套を受け取り、壁際にあるハンガーに掛ける。するとその様子を背後から見ていた彼が突然「エリシア」と声をかけた。

「やっぱり、気に入らなかったか？」

「な、何がですか？」

いきなりの問いに、エリシアは分かりやすく顔を強張《こわば》らせる。それを目にしたアレクシスは無言のまま、エリシアの髪の結び目に手を伸ばした。

「……髪飾り」

「──っ！」

アレクシスの声が冷たく耳に響き、エリシアは慌てて首を左右に振った。

「ち、違うんです！　その、ちょっと外しているだけで」

「外して？」

「はい！　とても高級そうなお品でしたので、失くしたら嫌だなと思って」

「………………」

あらかじめ考えていた嘘《うそ》を口にしながら、エリシアは強い罪悪感に苛《さいな》まれる。

しかしプレゼントを質に入れたなどと知られれば、アレクシスは激怒するか、もしくは失望してしまうだろう。

（本当のことなんて、言えない──）

どことなく気まずい沈黙が流れ、エリシアはたまらず下を向く。だが怯えるエリシアの予想とは裏腹に、アレクシスは安堵したように微笑んだ。

「……なら良かった。君の好みも聞かず、勝手に選んでしまったから心配で」

(ごめんなさい、アレクシス様……)

彼の優しさが、余計にエリシアの心臓に小さな棘《とげ》を刺す。

結局真実を明かせないまま、エリシアは眠れぬ一夜を過ごしたのだった。

◆ ◆ ◆

翌日。王立騎士団。

執務室で手紙を書き終えたアレクシスは、近くにいた小姓にそれを言づけた。

「悪いが、これを『フォルトゥーナ』に」

「はい。かしこまりました」

内容はいつもと同じ、エリシアの指名を依頼するものだ。筆記具を片づけているとノックの音がし、年若い部下の一人が姿を見せた。今年配属になったばかりの新人だ。

「隊長、市街地警邏《けいら》のお時間です」

「ああ、今行く」

玄関に続く廊下を歩いていると、後ろをついて来ていた部下が突然口を開いた。

「あの、隊長。ちょっとお聞きしたいのですが」

「なんだ」

「娼館って、やっぱり楽しいところなんでしょうか!?」

その瞬間、アレクシスは絨毯《じゅうたん》に足を引っかけそうになった。ギリギリのところで転倒を防ぎつつ、険しい顔つきで部下の方を振り返る。

「いったいなんだ、その質問は」

「す、すみません!!　でも隊長が、娼館の常連だって先輩方から聞いて……気になるなら直接聞いてみろって言われて」

「あいつら……！」

以前、レナードと話していた時に居合わせた部下のことを思い出す。最近やたらと部下たちからの視線を感じるとは思っていたが、どうやらすっかり広まってしまったようだ。

「……お前にはまだ早い。あと五年したら誰かから紹介してもらえ」

「は、はい！」

はあと肩を落とすアレクシスを見つつ、部下はどこか嬉しそうに微笑んだ。

「でもなんだか、ほっとしました」

「何がだ？」

「あっ、いえその、アレクシス隊長ってすごく厳しい方だと聞いていたので、ちゃんとやっていけるか不安で……。でも思っていた以上に優しい方だったから」

「………」

「先輩方もおっしゃってました。強くて勇敢で、みなの先頭に立つ理想の隊長だと」

「そんなはず……」

言いかけて、アレクシスはすぐに口をつぐむ。

かつて物陰で偶然聞いてしまった、自身への評価。いくどとなく夢に出てきた、あの言葉がずっと忘れられずにいたが――よく考えてみれば、自分はそれを否定出来るほど部下たちと交流を持てていただろうか。

(あいつらが普段何をし、何に興味を持っているか、俺は全然知らなかった……。仕事だから、隊長だから、慣れ合うのはふさわしくないと……)

だから彼らから距離を取られても、仕方がないと思っていた。だが本当はアレクシス自らが、孤立を選んでいたのではないだろうか。

(同じ人間なんだから、か……)

軽佻浮薄《けいちょうふはく》な――だが誰よりも人をよく見ている同僚を思い出す。

無理やり娼館に連れ込まれた時は苛立《いらだ》ちしかなかったが、結果こうして部下たちとの間にあった壁が瓦解され始めたのを見ると、これすらレナードの作戦だったのかもしれない――とアレクシスは目を瞑る。

(今夜行ったら、君に相談してみようか……)

今度、部下と話をしてみようと思う。

いったいどんな話題を切り出せばいいだろう――。

(君は、なんと答えるんだろうな……)

真剣に考えるエリシアの姿を想像し、アレクシスは口元に笑みを浮かべるのだった。


その後、アレクシスは隊員たちと合流し、王都の街を巡回していた。

来週には聖女クローディアの生誕を祝う『聖ディア祭』が行われるため、軒先には雪をイメージして装飾された木々と純白のリボンが飾られている。通りを歩く人の数も多く、アレクシスは白い息を吐き出しながら周囲を眺めた。

（もうじき祭りか……。エリシアを誘いたいが――）

だが娼館外で会うことは出来るのだろうか、と今さらながらの不安がよぎる。

すると一軒の質屋の窓辺に、見覚えのあるアクセサリーを発見した。まさかと思い近づいたところでアレクシスは言葉を失う。

「どうして……」

それは間違いなく、エリシアに贈った髪飾りだった。装飾の色や配置が完全に一緒なことを確認し、アレクシスは無意識に胸元を押さえる。

（外しているだけだと言っていたのに……。どうして嘘をついたんだ？）

嫌な答えばかりが浮かんできて、アレクシスは都合のいい理由を必死に探す。そんなアレクシスの背中に部下の一人が声をかけた。

「隊長、大丈夫ですか？　顔色が――」

「……ああ。問題ない」

アレクシスはとっさに冷静の仮面をかぶる。

だがその内心には、エリシアへの疑念と寂しさがひしめいていくのだった。

◆　◆　◆

その日の夕方。

シルヴィアからの言葉に、エリシアは我が耳を疑った。

「今夜は来られない……？」

「ああ」

アレクシスの予約がキャンセルになったと聞かされ、エリシアは急に不安になった。

「あの、何か理由をおっしゃっていましたか？」

「いや？　ただ急に予定が出来たとさ」

「そ、そうですか……」

体調不良ではなかったとほっとした半面、心臓が先ほどから嫌な音を立てている。

(アレクシス様に、何かあったのでしょうか……？)

だがこれ以上追及するのはためらわれ、エリシアはそれ以上の口を閉ざした。

そうして一晩が過ぎ——二日目、三日目と経過した。

しかしアレクシスはあの日以降、一度として店を訪れることはなかったのである。

キャンセルされてから数日後の夜。

エリシアは娼館の小部屋で一人、使った茶器を片づけていた。

(アレクシス様……どうして来てくださらないのでしょう)

正式な恋人であれば、なにか理由がと尋ねることも出来ただろう。

だがしょせんは娼婦と客の関係。アレクシスがエリシアに飽きる、またはほかにお気に入りの女性を見つけてしまえば、もう二度と会えなくなっても不思議ではない。

カチャン、カチャンという硬質な音が耳に響き、不安ばかりが増幅される。

(いったいどうして……)

茶器を戸棚にしまい、廊下へ出る。

そこでシルヴィアの姿を発見し、エリシアは慌てて駆け寄った。

「あの、シルヴィアさん。今日の予約は――」

「いつもの旦那なら来てないよ」

「やっぱり……」

分かりやすく落ち込むエリシアを見て、シルヴィアは持っていたキセルを口にする。

「懇意にしていた奴がある日急に来なくなるなんて、よくあることだよ」

「そう、ですよね……」

「だが――」

細い紫煙が立ち上り、シルヴィアが「ふう」と息を吐き出した。

「……あんた、自分が客を取っていないことに気づいていたかい？」

「えっ？」

「旦那からの指名が入っていない間、あんたは他の男と寝なきゃならなかったはずだ。でもここ数日、ずっと雑務ばかりだっただろう？」

「そう言われると……」

突然の指摘に、エリシアはあらためて思い返す。確かにここ数日はフリーだったため、指名されればアレクシス以外の男性と床に入る必要があった。

だがシルヴィアの言う通り、エリシアは誰とも寝ていない。

「どなたからも指名されなかっただけでは……」

「あの『氷の騎士』のお気に入りとあれば、どんな女か気になる男は大勢いるだろうよ。実際、あんた狙いだと思《おぼ》しき客も来たらしい。でも誰一人としてあてがわなかった。……前金を貰っていたからね」

「前金？」

「そうだよ。以前あんたの旦那が『万一自分が行けない時でも、彼女を他の客につけないでほしい』って言ってきてね。随分とこの仕事をしているが、そんな奴はなかなかいない。それだけあんたに本気なんだってことだろうよ」

（アレクシス様が、私に……）

一晩だけでも目玉が飛び出るような『高級娼館』の料金。それをこの期間中――いやもっと長い日数分、エリシアのために支払ってくれていた。困惑するエリシアを前に、シルヴィアは再びキセルを咥える。

「……あたしはね、この仕事をする子らに『客には本気になるな』と教えている。たちの悪い客が店とは別で会おうとしたり、遊びの色恋でめちゃくちゃにされたことがあるからね」

「は、はい」

「ただ――ごくまれに、本当の恋をする奴もいた」

「本当の、恋……」

シルヴィアの声が少しだけ和らいだ気がして、エリシアはそっと彼女の方を見た。普段やり手の女主人は、まるで昔を懐かしむように目を閉じる。

「たしかにあたしたちは、金で繋がっているだけの薄っぺらい関係だ。でも、もし本当に心を通わせたい相手が出来たらその時は――その思いを、ちゃんと伝えた方がいい」

「シルヴィアさん……」

「あんたの旦那がどうかは知らないがね。……時には、踏み込む勇気も必要だよ」

「勇気……」

じゃあね、とほくろのある口元に笑みを浮かべてシルヴィアが歩き出した。エリシアはその場でしばらく押し黙っていたものの、すぐに彼女を呼び止める。

「すみません、シルヴィアさん。お願いが――」

◆　◆　◆

翌日の午後。エリシアは一人、大通りをひた走っていた。

懐には、昨日シルヴィアに頼み込んで前借りした今月の給金が入っている。

(これでやっと……！)

はやる気持ちを抑え、以前髪飾りを売った質屋を目指す。だがようやく到着したところで、エリシアは大きく目を見開いた。

「ア、アレクシス様……!?」

「――っ！」

あろうことかそこに、ここ数日会えなかったアレクシスが立っていた。しかし彼はエリシアに気づいた途端、踵を返して雑踏の中へ入って行ってしまう。

「あの、待――」

慌てて追いかけようとしたが、不安を感じて立ち止まる。するとそこで、質屋の窓辺に置かれていた髪飾りを目撃した。その瞬間、すべての疑問が繋がる。

(もしかして、アレクシス様はこれを見て……？)

どくん、と心臓が激しく揺れる。

頭の中が真っ白になり、周囲から一切の音が消えた。

どうしよう。なんと説明すれば。

（ま、まずは髪飾りを買い戻して――）

しかしそんなことをしているうちに、アレクシスを見失ってしまうかもしれない。だが追いかけたところで髪飾りを質に流したという事実と、それをアレクシスが知ってしまったという状況は変わるわけではなく――。

（何を言ったところで、もう……）

そんなエリシアの脳裏に、昨日のシルヴィアの言葉が甦《よみがえ》った。

『本当に心を通わせたい相手が出来たらその時は――その思いを、ちゃんと伝えた方がいい』

『時には、踏み込む勇気も必要だよ』

「……っ！」

消えかけた勇気の火が、再びエリシアの胸に灯《とも》る。そのまま力強く駆け出すと、アレクシスの背中を求めて雑踏に飛び込んだ。

（許してもらえないかもしれない。でも――）

人ごみをかき分け、必死になって彼の姿を捜す。

珍しい銀の髪はすぐに見つかり、エリシアは周りの目も気にせず声を上げた。

「アレクシス様！」

遥《はる》か前にいた彼が、びくっと肩を跳ねさせたのが分かった。振り返ったアレクシスと間違いなく目が合う。しかし彼は立ち止まるどころか、逃げるようにその場から走り出した。

（さ、避けられていますよ……!!）

ショックを受けたエリシアは思わず立ち止まりかける。だがすぐに唇を噛みしめると、目に涙を浮かべながら必死に彼を追いかけた。

（諦めるのは簡単です。でも――）

誤解を解きたい。それで嫌われたり、怒られたり、もう二度と会えなくなってもいい。

ただ最後に、この気持ちを――。

「アレクシス様、待ってください！」

やがてアレクシスは人目を避けるかのように路地裏へと移動した。

エリシアも通行人をかきわけてそのあとを追う。道途中にあった建物に彼が入ったのを確認すると、矢も楯《たて》もたまらずその扉を両手で引き開けた。

（ここは……）

そこは建て替え予定の古い教会らしく、木で出来た天井や壁は随分と老朽化していた。ただし正面と左右に並べられたステンドグラスはいまだ美しい状態で、聖女クローディアを描いた青や黄色のガラスたちが、差し込む冬の陽光を暖かく色づけている。

身廊《しんろう》に置かれた参列者用のベンチには白い布がかかっており、それらの中央には色あせた赤絨毯がまっすぐ延びていた。その奥にある主祭壇を背に、アレクシスが立っている。

「アレクシス様……」

「…………」

エリシアに出入り口側を塞がれてもなお、アレクシスはその場から逃げ出そうとした。それを阻止するように、エリシアはもう一歩足を踏み出す。

「すみません、どうか話を――」

しかしその瞬間、エリシアは古びた絨毯に足を取られ、「きゃあっ!?」と勢いよくその場で転倒してしまった。アレクシスが仰天し、慌ててエリシアの元に駆け寄る。

「だ、大丈夫か？」

「――っ！」

エリシアはそれを見逃さず、近づいてきたアレクシスの腕をがしっと掴んだ。彼がぎくりと体をこわばらせたのを見て、涙目になりながら懇願する。

「お願いだから、逃げないでください」

「に、逃げてなんて……」

「髪飾り、見たんですよね？　あれは――」

だが弁明しようとしたエリシアの言葉を、アレクシスがかぶせるようにして遮った。

「すまなかった！」

「えっ？」

「やっぱり迷惑だったんだろう？　客からの贈り物なんて」

「ち、違います！　あれは」

「でもどうしても、君に喜んでほしくて――」

（……？）

どうやら怒っているわけではないらしい、とエリシアは摑んでいた腕をそっと放す。アレクシスはひどく落ち込んだ顔つきのまま、しゃがみ込んで言葉を続けた。

「君にとって俺は、たくさんいる客のうちの一人でしかない。君が優しくしてくれるのだって、金を払っているからだと理解していた。だけど君に微笑みかけられるたび、暖かい夜を一緒に過ごすたび、ついそのことを忘れそうになって……」

「アレクシス様……」

「我ながら、本当に面倒な男だと思う。でも俺は……君のことを、本気で好きになってしまったんだ……」

「……！」

アレクシスの告白を受け、エリシアはおずおずと彼の方を見た。『氷の騎士』と称されるその美貌に迷子になった子どものような戸惑いが浮かんでおり、エリシアはそれだけで胸が締めつけられる。

「髪飾りも、君が着けたら似合うだろうなと思って……でもよく考えたら、恋人でもない男からのプレゼントなんて気持ち悪いよな……。君が手放したくなるのも当然だ」

「それなんですけど、あの」

「心配しなくても、今後『フォルトゥーナ』を訪れることはやめておく。だから──」

「は、話を聞いてください！」

早々に切り上げようとするアレクシスを前に、エリシアは再度彼の腕を摑んだ。驚きに目を見張る彼を見上げながら、懸命に言葉を探す。

「どうしてそんな話になっているんですか!?」

「だってそうだろう？　髪飾りを質に流すくらいだから――」

「あ、あれには事情があって……」

そこでようやくエリシアは、これまでの経緯を彼に説明した。最初はいぶかしげに聞いていたアレクシスだったが『病気の子どもの入院費にした』あたりまで耳にしたところで、しおしおと両手で自身の顔を覆う。

「そんな……理由が……」

「いただいたものを勝手に手放してしまって、本当に申し訳ありませんでした。でもあの時はどうしてもお金が必要で……。でもあの、お給金がいただけたら、すぐに買い戻すつもりでした！　これ見てください！」

そう言いながらエリシアは、シルヴィアから前借りした給金の袋を取り出した。

顔を上げたアレクシスは、半泣きのエリシアとそれを見比べたあと、呆れたように「ははっ」と苦笑する。

「そんなこと、しなくていい」

「で、ですが」

「君がしたことは何一つ間違っていない。髪飾りなんてまた買えばいいだけだ。勝手に邪推して、落ち込んで、避けて……本当に申し訳なかった」

「アレクシス様……」

「つくづく情けない男だな、俺は……」

（……っ！）

力なく笑うアレクシスが愛《いと》おしくなり、エリシアは小さく唇を噛みしめた。心臓の大きなドキドキが『今しかない』と急《せ》き立てる。

「あの、一つ聞きたかったんですが……私が他のお客様の相手をしなくていいよう、前金を払ってくださっていたというのは本当ですか？」

「……君が、他の男に抱かれている姿を想像したくなかった。今考えてみれば幼稚な話だと思うが、俺が毎日通えばそうならなくて済むと思って――」

「……もう一つ。さっき私のことを……『本気で好きになった』とおっしゃったのは本当、なんでしょうか……」

その瞬間、こちらを見たアレクシスと目が合った。

綺麗な青色の虹彩に、緊張した自身が映り込んでいる。

「それは、その……」

「…………」

言葉による返事の代わりに、真っ赤になったアレクシスがこくりとうなずいた。エリシアはそれを見て、すぐさま礼を述べる。

「あ、ありがとうございます……それであの、私からもお伝えしたいことがあって」

「……いや、いい。何も言わなくても分かっている」

「えっ？」

「何度も言うが、君にとって俺はただの客にすぎない。そんな奴から好意を向けられたとしても、受け取ることは出来ないと――」

「ち、違います！」

勝手に解釈していくアレクシスを止めるべく、エリシアは勢いのまま口にした。

「わ、私も好きなんです！」

「……？」

「アレクシス様のことが……は、初めてお会いした時から……」

思わず打ち明けてしまったものの、恥ずかしさが一気に押し寄せてくる。

一方アレクシスは、険しいとも放心とも判別できぬ難しい表情で首をかしげた。

「私も、好き……」

「は、はい」

「それはその――『金払いのよい客として』という意味だろうか」

「だから違います!!」

想像以上にこじれたアレクシスの思考回路を修正すべく、エリシアは真正面から伝えた。

「私も、アレクシス様のことが好きです」

「…………」

「お客様とかお仕事とか関係なく、あなたのことが好きなんです……」

言葉にすると完全に意識してしまい、エリシアは頬を赤くする。目の前にいたアレクシスもまた、首の方からじわじわと朱に染まっているようだった。

「それは、その……」

「ご、ご迷惑でしたか？」

「ち、違う!!　ただちょっと、理解が追いつかないだけで……」

片手で必死に口元を隠していたものの、アレクシスはついに耳まで赤くなっている。やがて手を解くと、疲れ果てたようにがくりと肩を落とした。

「その……色々とすまなかった」

「え？」

「どこから謝ればいいのか分からないが……こんな格好悪い、というか、本当ならもっときちんとした場所で、君に気持ちを伝えるつもりだったのに……」

しょんぼりしているアレクシスがなんだか可愛らしく、エリシアは思わず微笑む。それを見た彼もまた目を細め、ようやくまっすぐにこちらを見た。

「あらためて――エリシア、俺は君のことが好きだ」

「……はい」

「どうかこれから先、君のことを守らせてほしい――」

彼の手がエリシアの頬に伸び、互いの距離が少しずつ近づいていく。

ステンドグラスが描き出す光の絵画の上で、二人はそっと唇を重ね合わせたのだった。

第四章　かりそめの新婚生活

空から綿雪が舞い降りるその日。

王都では、聖女クローディアの生誕を祝う『聖ディア祭』が行われていた。大聖堂前の広場では興行師らによる移動動物園が開催されており、世界各地の珍しい動物たちを前にしてミゲルが目を輝かせる。

「お姉様あれ見て！　世界一おっきなウサギさんだって！」

「まあほんと、ふかふかで気持ちよさそうね」

小さな子どもくらいはありそうなウサギの姿に、エリシアとミゲルは素直に感心する。すると隣にいたアレクシスがミゲルに向かって提案した。

「気になるなら、抱き上げてみるか？」

「いいの!?」

「ああ」

そう言うとアレクシスは近くにいた男性に声をかけた。承諾を得てウサギを抱きかかえると、緊張しているミゲルの前に差し出す。

「落とさないように、しっかり持てよ」

「う、うん！」

最初はおっかなびっくりという様子のミゲルだったが、ウサギがおとなしく抱かれているのを見て、じわじわと満足げに顔をほころばせる。その様子にエリシアが笑みを浮かべていると、アレクシスがそっと話しかけてきた。

「ミゲルは動物が好きなんだな」

「はい。昔実家で、犬や猫を飼っていたことがあって」

「そうか」

アレクシスもまた嬉《うれ》しそうに破顔し、ミゲルを見守る。

その優しい眼差《まなざ》しに、エリシアはあらためて今日の幸せを噛《か》みしめていた。

（まさか、アレクシス様とデート出来るなんて……）

髪飾りの誤解が解け、二人の思いが通じ合った翌日。アレクシスから『お祭りに行かないか？』と誘われた。

エリシアとしてはもちろん是非にという気持ちだったが、ミゲルを一人にしてはおけない。おまけに娼婦であるエリシアが、店外で客と会うことをシルヴィアが許してくれるのか――という不安があった。

だがそのことを相談すると、アレクシスは『なら弟御《おとうとご》も一緒に行こう』とあっさり受容してくれた。またもう一つの難関であったシルヴィアも『仕事の時間までには戻るんだよ』とだけ言い、エリシアの外出を許可してくれたのである。

「今日はありがとうございます。その、ミゲルも連れて来てしまって」

「気にしなくていい。それより娼館の方は良かったのか？」

「ちゃんと許可をいただいてきました。先輩方も快く送り出してくださって」

「先輩か……。そういえば以前話していた、病気のご子息は大丈夫だったか？」

その言葉を受け、エリシアは「はい」とうなずいた。

「退院まではまだかかるそうですが、一命はとりとめたそうです。アレクシス様のおかげで……本当にありがとうございます」

「俺は何もしていない。君の判断が正しかっただけだ」

こちらも安堵《あんど》したように笑いながら、アレクシスが口にする。

「しかし、君はすごいな。金を盗んだ相手に、さらに金を工面してやるなんて」

「もちろん悩みましたけど……私にも弟がいるので、他人《ひと》ごとには思えなかったんです」

そこでエリシアは、満面の笑みをぱあっとアレクシスに向けた。

「そういえばあれ以降、先輩とちょっと仲良くなれたんです！　挨拶したら返してくださるようになりましたし、鍵のかかった引き出しからどうやって盗んだのか聞いたら、丁寧に開け方を教えてくださって――」

「……君の手にかかると、どんな悪人でも改心しそうだ」

やがてウサギを元の柵に戻したミゲルが、二人のところに駆け寄ってきた。アレクシスはミゲルの手を取ると、屋台が立ち並ぶ大通りの方へと歩いて行く。

「そろそろお腹が空いただろう。何か食べたいものはあるか？」

「で、でもぼく、お金を持ってなくて」

「子どもがそんなこと気にするな。ほら、これはどうだ」

「わあ……！」

ちらちらとエリシアの方を窺《うかが》っていたミゲルだったが、クリームがたくさん載った焼き菓子をアレクシスから差し出された途端、思わず両手で受け取っていた。

同じものがエリシアにも手渡される。

「君も。ここの店のは美味《うま》いと部下に教えてもらったんだ」

「ふふ、ありがとうございます」

その後も揚げた味付き肉や砂糖漬けにしたフルーツなどを食べ歩いていると、ひと際賑《にぎ》わっている露店へと到着した。どうやら海を渡ってきた商団らしく、あまり目にしたことのない極彩色の織物や装飾品が並んでいる。

そのうちの一つ——可愛《かわい》らしい絵本にミゲルが注目していることに気づき、アレクシスが静かに声をかけた。

「この本が気になるのか？」

「う、うん。でも見ていただけで——」

「店主、これを貰《もら》おう」

「ア、アレクシス様!?」

慌てるエリシアをよそに、アレクシスはさっさと絵本を購入してミゲルに渡す。ゆっくりと立ち上がると、今度はエリシアの方を振り返った。

「君も、何か欲しいものはないか?」

「だ、大丈夫です!」

「そうか。じゃあ——」

そう言うとアレクシスはエリシアを連れ、装飾品の棚の前に立った。真っ赤なルビーや透き通ったエメラルドが輝くのを横目にアレクシスがさらりと言う。

「好きなものを選んでくれ」

「えっ!?」

「今度こそ、君が本当に好きなものを贈りたくて。……だめか?」

(ううっ……!)

はにかむアレクシスがあまりに可愛らしく、エリシアはつい自身の胸元を握りしめたくなってしまった。絵本に夢中になっているミゲルに気づかれぬよう、どぎまぎしながら陳列台に並ぶ商品たちを見比べる。

そこでふと、一つの髪飾りに目が留まった。

(綺麗《きれい》……太陽がモチーフかしら)

ピカピカに磨き上げられたオレンジ色のガラス玉。中央にあるそれを取り囲むようにして細やかな金細工が配置されていた。さんさんと降り注ぐ陽光を思わせる見事な意匠だ。

中でも金細工の合間に埋め込まれている青色の小粒ガラスが、アレクシスの瞳の色とよく似ており――エリシアは思わず手に取る。

「でしたらその、これをお願いしてもよろしいですか？」

「もちろん」

アレクシスは髪飾りを購入すると、エリシアに後ろを向くよう伝えた。軽く髪が引っぱられる感触があり、わずかな重さが頭に残る。

「これでよし。……君はこういった色も似合うな」

そう言うとアレクシスは、手に残ったエリシアの髪を一房持ち上げ「ちゅ」と軽く口づけた。

まるで恋人のような――いや実際そうなのかもしれないが、初めてのことにエリシアは真っ赤になりながらおずおずと振り返る。

「あ、ありがとうございます」

「ああ。もしまた金が必要になったら迷わず売ってくれ」

「そ、そんなことしません！」

「はは、冗談だ」

違う意味で赤面するエリシアを前に、アレクシスが小さく笑う。やがて絵本を読み終えたミゲルが顔を上げ、アレクシスの手をぎゅっと握りしめた。

「アレクシスお兄様、あっちも見に行きたい！」

「了解した。行こうか」

勢いよく駆け出すミゲルに合わせて、アレクシスも慌ただしく一歩を踏み出す。しかしすぐさま振り返ると、エリシアに向かって手を伸ばした。

「ほら、君も」

「――はいっ！」

そうして繋《つな》いだアレクシスの手は大きくて、温かくて。

エリシアは喜びを噛みしめるように、ひとり口元をほころばせるのだった。


こうしてお祭りを満喫した三人は夕方、帰路に就いていた。

しかし歓楽街エリアに近づくにつれ、ただならぬ喧騒《けんそう》が聞こえてくる。

「随分とさわがしいな」

「？　何かあったんでしょうか……」

やがて裏通りに差し掛かったあたりで、こちらに走ってくる人波とぶつかりかけた。すぐにアレクシスが庇《かば》ってくれたものの、彼らは焦燥した様子で「早く人呼んでこい！」「水はまだか!?」と叫んでいる。同時に独特の焦げ臭さが鼻をつき、エリシアは蒼白《そうはく》になった。

「もしかして……火事!?」

「急ごう」

不安そうなミゲルの手を握り、三人は通りの奥へと走る。どうか杞憂《きゆう》であってくれと願うも虚しく、赤々とした炎に包まれた娼館が見えてきた。見覚えのある立派な外壁や窓枠は、紛れもなく娼館『フォルトゥーナ』のものだ。

「お店がっ……!!」

「っ……君はミゲルとここにいてくれ！　俺は消火を手伝ってくる」

アレクシスに命じられ、エリシアは混乱のまま首肯する。邪魔にならない位置に移動すると、怯《おび》えるミゲルを強く抱きしめた。それに合わせてシルヴィアや先輩娼婦たちの姿を捜すが、野次馬の数が多くて見つけられない。

（皆さんは無事なのでしょうか……）

人海戦術で次々と水が運び込まれ、容赦なく建物に浴びせかけられる。通りから、屋根の上からと男衆が四方八方から鎮火に当たった結果、ようやく大きな炎が見えなくなってきた。少しずつ人が減り、白い煙が立ち上るようになったところでアレクシスが戻ってくる。

「二人とも、怪我《けが》はないか？」

「は、はい……あの、お店の皆さんは……」

「避難していると聞いたが、まだ帰ってきていないようだ」

アレクシスの手を借り、エリシアはおそるおそる火が収まった娼館へと近づく。

ずぶぬれになった外壁は一面煤《すす》けており、窓ガラスは半分以上割れていた。窓枠にはぼろきれと化した高級カーテンが寂しくぶら下がっており、この分ではそれぞれの内装や調度品などもひどい状態だろう。

「ひどい……。どうして火事なんて……」

「………」

するとガヤガヤとした人ごみを押しのけるようにして、見覚えのある一団――シルヴィアと寮に残っていた先輩たちが戻ってきた。それを目にしたエリシアは慌てて駆け寄る。

「みなさん、ご無事ですか!?」

「ああエリザにミゲル。良かった、ここにいたんだね」

幸い怪我人などはいなかったらしく、エリシアはそれを聞いてほっと胸をなでおろした。シルヴィアはいつものようにキセルを咥《くわ》えると、その綺麗な眉根をきゅっと寄せる。

「仕事場はまだマシだが、寮の方が全焼だ」

「寮が？」

「ああ。火の出元がその辺みたいでね。悪いが、しばらく店を閉めるしかないだろう」

ふう、と白い煙を吐き出すと、シルヴィアはこともなげに尋ねた。

「それでエリザ、あんたはどうする？」

「えっ？」

「寝泊まりだよ。今、他の娼館に頼んではいるが、何人受け入れてもらえるか分からなくてね。もし知り合いがいれば、そこに泊まっても構わないけれど」

「知り合い……」

そこでふと、ギルフォードのことを思い出した。だが隣にいたミゲルの手をぎゅっと握りしめる

とすぐに首を振る。

「すみません、よければどこか紹介していただけると――」

するとその会話を横で聞いていたアレクシスが突然口を挟んだ。

「そういった事情であれば、うちに来るか？　もちろんミゲルも」

「えっ!?」

「必要ならその間の金も払う。シルヴィア、どうだろうか」

「さ、さすがにそこまでしていただくわけには……！」

破格の申し出に、エリシアはわたわたとアレクシスの方を振り返る。一方それを聞いたシルヴィアはキセルを口から外し、にやっと笑みを浮かべた。

「いいねえ。交渉成立だ」

「シルヴィアさん!?」

「どうせ他に行くあてもないんだろう？　ここは素直に旦那に甘えておきな」

そう言うとシルヴィアはさっさといなくなってしまった。ぽつんと取り残されたところで、エリシアはあらためてアレクシスに頭を下げる。

「す、すみません！　まさかこんなことになるなんて……」

「気にしなくていい。他の娼館となると、ミゲルと一緒に身を寄せられるか分からないだろう？それよりは二人一緒の方が安心かと思ってな」

「うう……ありがとうございます」

「それに、家に戻って君がいるというのも悪くな――」

「えっ？」

エリシアが聞き返すと、アレクシスはなぜかげふんげふんと続きを濁した。

「と、とにかく！　準備が出来たら俺の家に移動しよう」

「は、はい！」

勢いよく話をまとめられ、エリシアはつられたように大きくうなずく。

同時にほっと安堵した。

(申し訳ないけれど……でも、ミゲルと一緒に居られるのは正直ありがたいわ。他の娼館だと、連れてくることを許してもらえるかも分からないし……)

だがさっそく荷物を――と考えたところで、重大な事実に気づいた。

(アレクシス様と、一緒に暮らす……？)

ぱちくりと瞬《まばた》いたあと、シルヴィアと話している彼の方に目を向ける。

夜、娼館の中では何度も会っているが、日中のアレクシスのことはほとんど知らない。しかし家でともに過ごすとなると、仕事から帰ってきた彼やシャワー上がりの彼、休日の彼など今まで見たことがないアレクシスを目撃してしまうのでは――。

(わ、私……大丈夫なのでしょうか!?)

やがてアレクシスが視線に気づき、ふっと小さく微笑《ほほえ》む。

それを見たエリシアは、かつてないほどの動悸《どうき》に見舞われるのだった。

◆　◆　◆

その日の夜。

エリシアとミゲルは、貴族街にあるアレクシスの邸《やしき》へと招かれていた。

「わーっ、ひろーい！」

「お、お邪魔します……」

玄関ホールの見事なシャンデリアを見上げながら、エリシアは思わず嘆息を漏らした。

（すごい……立派なお邸……）

王都の一等地だというのに、広さはエリシアたちの実家以上。三階建ての豪壮な造りをしており、ロの字型に建てられた棟の中央には、噴水が置かれた立派な中庭があった。

一階のダイニング、遊戯場、応接室、ダンスルームなどを案内されたのち、客室があるという二階へと上がる。廊下の左右にはずらりと扉が並んでおり、アレクシスの居室はその突き当たりとのことだった。

「ミゲルと一緒の方がいいと思って、いちばん広い部屋を準備した」

「ありがとうございます……」

恐縮しつつ、アレクシスが先導する部屋に足を踏み入れる。

そこにあったのは白と青で統一された調度品の数々。天蓋付きのベッドはエリシアとミゲルの二人分が並んでおり、高級そうなソファやテーブルセットのほか、一角にはミゲルのための勉強机と絵本、そして大量のおもちゃが用意されていた。

「急いで整えさせたから、足りないものも多いだろうが――」

「い、いえ！　十分です！」

するとそのやりとりを見ていたミゲルが、遠慮がちにアレクシスに頭を下げる。

「あ、あの、アレクシスお兄様、ありがとうございます」

「ああ、自分の家だと思って楽に過ごしてくれ」

絵本が詰まった書棚をアレクシスが指さすと、ミゲルが緊張した様子でとことこと歩いていく。

そのまま一冊の絵本を読み始めたのを見て、エリシアがあらためて礼を述べた。

「本当にありがとうございます。泊まらせていただくだけでもありがたいのにこんなに色々と……」

「大したことはしていない。君も、何か必要なものがあれば言ってくれ」

そう言って立ち去ろうとしたアレクシスの腕を、エリシアは慌てて摑《つか》んだ。

「そ、そうでした！　あの、生活費をお支払いしたくて」

「生活費？」

「はい。しばらくお世話になると思うので」

「その必要はない。……どうせ近いうち、シルヴィアに話をしようと思っていた」

「話？」

疑問符を浮かべるエリシアを前に、アレクシスは恥ずかしそうに空咳《からせき》をする。

「その……先日、お互いの気持ちは確かめたと思うんだが……」

「は、はい」

「俺は君との将来を本気で考えている。そのためにはまず、娼館と話をつけなければいけないと思っていて――」

そう言うとアレクシスは、自身の腕に置かれていたエリシアの手をそっと握りこんだ。

「エリシア、俺が必ず君を自由にする」

「アレクシス様……」

「少し時間はかかるかもしれない。でも俺は君と――」

（こ、これって、もしかして……）

エリシアはドキドキと続く言葉を待つ。だが彼は「はっ」と目を見張ると、すぐにエリシアの手を離した。

「今日は疲れているだろうから、早く休むといい」

「あ、あの――」

すばやく顔を背けられ、エリシアは思わず声をかける。するとアレクシスは視線を明後日《あさって》の方に向けたまま、ぎこちなく答えた。

「違うんだ、その……出来ればこんなところではなく、もっとちゃんとした場所で伝えるべきことかと思って……」

「あっ、す、すみません……」

ちらりと覗《のぞ》き見たアレクシスは耳の端まで赤くなっていた。エリシアがつられて赤面していると、彼は足早に部屋をあとにする。

「ではその、お……おやすみ」

「お、おやすみなさい……」

パタン、と優しく扉が閉まり、エリシアはしばしその場に立ち尽くす。そこに絵本を読み終えたミゲルが戻ってきて、硬直している姉の袖を引っ張った。

「お姉様、大丈夫？　お熱ある？」

「えっ!?　あっ、だっ、大丈夫よ！　さ、そろそろ寝ましょう！」

ミゲルを寝間着に着替えさせ、二人はそれぞれベッドに入る。隣からすぐに可愛らしい寝息が聞こえてきたものの、エリシアはいっこうに眠れる気がしなかった。

（さっき、アレクシス様は何を言おうとしたのでしょう……）

真剣な彼の表情を思い出すだけで、頬がかあっと熱くなる。

その後もふとした拍子に、アレクシスのことを考えてしまい——エリシアは柔らかい毛布の中で何度も何度も寝返りを打つのだった。

翌朝。

ダイニングで朝食をとっていたアレクシスは、向かいのエリシアに声をかけた。

「エリシア、大丈夫か？」

「えっ？」

「随分と眠そうだが、寝具が合わなかったか？　すぐに替えさせて――」

「い、いえ!!　とっても気持ちよかったです！」

「ならいいが……」

寝不足を指摘されたことが恥ずかしく、エリシアは急いで笑みを浮かべた。一方ミゲルは朝までぐっすりだったらしく、今は隣で美味《おい》しそうに牛乳を飲んでいる。そうして朝食を終えたあと、出勤するアレクシスを見送るべく三人で玄関ホールに赴いた。

「夕方には戻る。それまで好きに過ごしてくれ」

「はい。いってらっしゃいませ」

そこでエリシアは、アレクシスの制服の首元が乱れていることに気づいた。無意識に手を伸ばし、ちょいちょいと形を整える。

「すみません、アレクシス様。襟が――」

「――っ！」

終わりましたと顔を上げたところで、なぜか赤面している彼と目が合った。

「アレクシス様？　どうかされましたか？」

「い、いや、なんでもない……」

慌ただしくそれだけ言うと、アレクシスは逃げるように邸を出て行ってしまった。残されたエリシアがぽかんとしていると、後ろにいたミゲルが嬉しそうに声を上げる。

「お姉様たち、夫婦みたい！」

「えっ？」

「お母様もよく、お父様がお出かけの時ああしてたから。あっ、もしかしてお姉様、アレクシスお兄様と結婚するの!?」

「そ、そういうわけじゃ……」

期待に満ちたミゲルの眼差しを受け、あらためて自身の行動を思い返す。

確かにちょっと新婚夫婦のようだった——と意識した途端、昨夜の不眠の原因が甦《よみがえ》ってきてしまい、エリシアはその場で頬を赤らめるのだった。

◆　◆　◆

数時間後。アレクシスは数人の部下を連れ、王都の大通りを歩いていた。

その顔つきは普段と変わらぬ『氷の騎士』然としたものだったが、その脳内では先ほどから今朝のやりとりが何度も繰り返されている。

（いってらっしゃいませ、か……）

愛らしく微笑むエリシアを思い出し、アレクシスは静かに目を瞑《つぶ》る。

元々シルヴィアには「エリシアと一緒になりたい」と打ち明けるつもりだった。少々予定が早まってしまったが、どこぞの知らない娼館にエリシアとその弟を預けるよりは、自宅にいてくれた方が気も休まるというものだ。

（とはいえ火事がきっかけだから、けっして喜ばしいものではないが……）

あくまでも保護しただけだ、とアレクシスは自身に言い聞かせる。だが出勤前、エリシアに身支度を整えてもらった瞬間――アレクシスの中でぼんやりと抱いていた『結婚』というイメージが一気に現実的なものとなってしまった。

（新婚ともなれば、あんなことが毎日……）

思わずにやけそうになる口元をごまかすべく、アレクシスは頬の内側を嚙みしめる。しかし自身の胸元に下がっている指輪に服の上から触れると、わずかに顔をこわばらせた。

（そのためにはまず、父上と話をしなければな……）

やがて一行は歓楽街へと到着した。昼間のため人通りは少ないが、修繕の職人たちだろうか――娼館『フォルトゥーナ』の前だけは多くの人で賑わっている。アレクシスは女主人の姿を見つけだすと、歩み寄って声をかけた。

「シルヴィア、少し話を聞きたいんだが」

「ああ、旦那か。どうだい、エリザとの同棲生活は」

「……今は関係ないだろう。それより火事になった時の状況を教えてほしい」

意味深な笑みを浮かべたあと、シルヴィアは物憂げにキセルを咥えた。

「気づいたのは夕方だね。火の回りが早くて、消火できる勢いを超えていた。仕方なく全員着の身着のまま逃げ出したってところさ」

「出火元は特定されているのか？」

「考えられるとしたら、裏にある寮の厨房《ちゅうぼう》だろう。ただ――」

シルヴィアはキセルを引き抜き、薄く紫煙を吐き出す。

「……ちょっと妙なんだよ。店の子たちに聞いたら、昨日はエリザがいなかったから誰も厨房を使っていないと言っていてね」

「使っていない？」

「ああ。かまどから勝手に火が出たとでもいうのかねぇ」

試すようなシルヴィアの物言いに、アレクシスは眉根を寄せた。

（火の出所が定かではない……貰い火、あるいは放火か？）

シルヴィアに礼を言い、そのまま現場へと移動する。娼婦たちの寮だったという建物はすでに跡形もなく、焼け焦げた調理器具や食器がいくつか転がっているだけだった。アレクシスは検分している部下たちに尋ねる。

「出火の原因は特定出来そうか？」

「状況を見る限り、厨房が火元であったとは考えにくいかと。いちばん被害が大きかったのは寮の裏口のようです」

「裏口か……」

部下の言う通り、寮の裏口には大量の煤と燃えさしが残っており、アレクシスはそれらを手に取って確かめる。

（たばこの残り火か、火の不始末か……。放火の線も捨てきれないな。その場合いったい誰が何の目的で……）

思考を整理するべく、アレクシスはその場でしばし黙考する。すると遅れて現場を見に来たシルヴィアが「そういえば」と口にした。

「最近ここらに、変な客が来ていたらしいね」

「変な客？」

「いやまあ、言うほどではないんだけれど……『黒髪の子を捜している』ってあちこちの娼館を尋ね回っていたらしくてさ」

それを聞いた途端、アレクシスの背にぞくりと悪寒が走った。

「黒髪……」

「うちにも一度来たらしいんだが、あたしがちょうど留守にしていてね。黒髪の子はエリザしかいないし、旦那の前金があったから断ったそうだが――」

「…………」

シルヴィアが慣れた様子で煙を吐き出す。その白い揺らぎを前に、アレクシスは言いしれない不安に襲われるのだった。

◆　◆　◆

一方、その頃のアレクシス邸。

ソファに座って絵本を読むミゲルの隣で、エリシアが居心地悪そうにしていた。

（どうしましょう……罪悪感が……）

いつもならこの時間、先輩たちの食事や衣装の準備に奔走しているところだ。

だがアレクシスはエリシアたちを客人としてもてなすよう言いつけていたらしく、朝食を終えたあと、さっそくきらびやかなドレスに着替えさせられた。白い絹布の上に青色の生地を重ねた上品なもので、胸元やゆったりとした袖にスパンコールがいくつも縫い留められている。

その後クッキーやケーキが並ぶ午前のお茶が始まり、それが終われば王宮から呼び寄せたという楽士による演奏、一息つく暇もなく昼食として肉やフルーツが運ばれてきて——といった優雅だが慌ただしい状態が続いていた。

今も壁際には複数の使用人が待機しており、エリシアが一言何かを望めば、目にも留まらぬ速さで手配してくれるのだろう。

（うう、なんだか申し訳ない……）

かつて令嬢として過ごしていた頃も、ここまでの待遇は受けていなかった気がする。

隣にいるミゲルは今なお夢中になって絵本を読んでおり、それを見たエリシアはおずおずと自身の手元にあった丸い刺繍《ししゅう》枠に視線を落とした。手持ち無沙汰になっているエリシアを見かねて、メイドの一人が準備してくれたものだ。

ぷすり、と白い生地に針を刺しながら、ぼんやりと思考を巡らせる。

（私、このままアレクシス様と結婚するのでしょうか……）

彼は昨夜『エリシアとの将来を本気で考えている』と言っていた。エリシアはそれを聞いて無邪気に喜んでしまったが――。

（家や両親のこと、いつ打ち明けましょう……）

アレクシスと両想いになれたことは素直に嬉しい。だが現実問題として、エリシアの両親はいまだ詐欺の容疑で捕えられたまま。貴族としての地位も財産も差し押さえられた状態だ。婚姻の誓いをするとなれば、この実情を彼に伝えなければならないだろう。

でも――。

（騙《だま》されたと言って、信じていただけるでしょうか……）

この邸の立派さからも、アレクシスがかなり高い身分の貴族であることが分かる。対して今のエリシアは、なんの後ろ盾もないただの娼婦だ。身分が釣り合わないことはもちろん、最悪の場合犯罪者の娘だと非難されてしまうことも考えられる。

いくら彼が結婚を望んでくれたとしても、彼の親族が拒否する可能性は高い。

（とはいえ、どうしたら無実だと証明出来るのか――）

証拠がない以上、やはりあの宝石商を捜し出して罪を認めさせるしかない。とはいえ姿を見たのは、最初にお茶を出した時の一度きり。それも顔はほぼ見ておらず、特徴的なトカゲ状のやけどを目にしただけだ。捜し出すのは容易ではない。

（いっそすべてをお話しして、力を貸していただこうかしら。でも……）

これはあくまでもエリシアの家の問題であり、アレクシスにはなんら関係のないことだ。下手なことをして前途洋々の彼を巻き込みたくない。

「いったい、どうすれば……」

輪郭だけ先にかたどった中途半端な刺繍を、エリシアはじっと見つめる。

窓の外はいつの間にか、冬特有の早い夕暮れを迎えていた。


しばらくして、アレクシスが邸に帰ってきた。

だがその表情はどこか翳《かげ》っており、出迎えたエリシアが話しかけてもずっと何かを考え込んでいる。ミゲルも交えた夕食の席でもそれは変わらず、今朝の彼とのあまりにも違う様子にエリシアは不安を覚えた。

（アレクシス様、何かあったのでしょうか？）

やがて就寝の時間となり、エリシアはいつものようにミゲルを寝かしつけていた。

完全に寝入ったことを確認すると、そっとベッドから抜け出す。そのまま自分のベッドに移動しようとしたものの——ふと思い直し、部屋の扉を開けて廊下へと出た。たしか突き当たりがアレクシスの部屋だったはずだ。

（余計なことかもしれませんが……。やっぱり気になります）

扉の前に辿《たど》り着き、コンコンと静かにノックをする。中から現れたアレクシスはエリシアの姿を見た途端、驚いたように目を見張った。

「エリシア、何かあったか？」

「い、いえ、その……戻られてから元気がないようでしたので、心配で……」

「………」

アレクシスはわずかに視線を落としたあと、すぐに笑みを見せた。

「すまない。ちょっと考え事をしていて」

「考え事、ですか？」

「ああ。……今少し、話せるか？」

そう言うとアレクシスは、エリシアを部屋へと招き入れた。

初めて入った彼の部屋はエリシアたちが使っている客室よりもさらに広く、壁際には一人用のベッドが置かれていた。だがあとはいくつかの本棚と壁に飾られた武器、中央にテーブルとソファがある程度のシンプルな空間である。

「座ってくれ」

「し、失礼します……」

向かい合わせに置かれたソファの一方に腰かけると、アレクシスが対面に座る。そのままエリシアの方をじっと見つめたかと思うと、ややためらいがちに口を開いた。

「実は今日、『フォルトゥーナ』の現場を見に行ってきた」

「！　どうだったのですか？」

「出火の原因はまだ調査中だ。ただ、建て直しはすでに始まっていたから、店を再開するのにそう時間はかからないだろう」

「良かった……」

シルヴィアや先輩たちのことを思い、エリシアはほっと胸をなでおろす。そこであらためて自分たちの状況を思い出し、慌てて言い添えた。

「お店が元通りになったら、すぐに出て行きますね」

「別に俺は、いつまでいてくれても構わないが」

「さすがにそこまで甘えるわけには……。仕事もしないといけませんし」

「…………」

するとアレクシスがわずかに険しい顔をした。

「エリシア。昨日も言ったが、俺は君との将来を本気で考えている」

「は、はい……」

「そのためにはその……色々と、お互いのことを知らなければならないと思っているんだ。たとえばそう、君の——両親のこととか」

「それは……」

「もちろん娼館で働いていたくらいだから、何か複雑な事情があるんだろう。無理に聞き出したいわけじゃない。ただどういった経緯があって、今どういう状態なのか。もしも俺で、何か力になれることがあればと——」

いきなり両親のことを切り出され、エリシアはびくりと肩を震わせた。

どうしよう。どこからどう説明すればいいのか。捕まっているなんて伝えたら、いくら彼でも受け止めきれないのではないか。

「あ、ありがとうございます。でもちょっと急すぎて」

「エリシア？　もしかして――」

「違います、あの……嬉しいんです、嬉しいんですけど……」

頭の中が真っ白になり、パニックになったエリシアはそれ以上言葉が出なくなる。アレクシスの顔を見るのが怖くなり、慌ててソファから立ち上がった。

「すみません、もう少しだけ時間をください」

「エリシア……」

「本当にすみません……おやすみなさい」

何とかそれだけを言い残し、エリシアは足早にその場をあとにする。追いかけられるかと危惧したが、彼が部屋から出てくることはなかった。

（やっぱり……言えません）

アレクシスはあんなに真摯に思ってくれているのに。自分は今の関係が崩壊することが怖くて、真実を口にする勇気すらない。

（私……最低です……）

自らの情けなさに打ちひしがれながら、エリシアは一人、真っ暗な廊下を戻るのだった。

その日以来、二人の間にあった空気が明らかに変化した。

一緒に食事もとるし、ミゲルを交えての雑談は変わりない。だが二人きりになるとどちらからともなく目をそらし、不自然に会話が途切れてしまう。

その原因はまぎれもなく、あの夜のやりとりであった。

◆　◆　◆

エリシアと同棲を始めてから二週間。

騎士団に出仕していたアレクシスは、執務机に向かったままため息をついた。

（いったいどうしたらいいんだ……）

完全にこじれてしまった彼女との関係。二人の将来のため、まずはエリシアの両親に結婚の許しを得たあと、自身の父親と話をつける——という計画だった。

それなのに、まさか当のエリシアから『待った』をかけられるとは。

（少し性急すぎたか？　しかしいつまでも娼館にいさせるわけには……）

たとえ前金を払っていたとしても、娼館にいる限り他の男を取らされる可能性は否定できない。黒髪の娼婦を捜していたというシルヴィアの話も気になるし、出来るだけ彼女を安全なところで保護しておきたい。

（とりあえず彼女の事情については、時間をかけて話し合うことにしよう。となれば、先に俺の方の話を詰めておきたいところだが――）

そこでアレクシスは再び大きなため息をついた。正直なところ、彼女の両親よりもこちらの方が厄介だという自覚がある。

（父上……なぜ返事を寄こさないんだ）

この結婚でもっとも障害となるであろう、自身の父親。

自分と同じ騎士で、謹厳実直を擬人化したような堅物。アレクシスが生まれた頃には、ギルフォードと団長の座を争ったこともあるという実力の持ち主だ。ただあることをきっかけに心無い噂《うわさ》を流され、それが原因で権力争いに敗北したと聞いたことがある。

現在は王都の家をアレクシスに任せ、遠方の国境付近で勤務しているのだが――ほぼ余暇を送っているに近いらしく、現場を部下に任せて地方に出向くことも多いらしい。

（やはり……彼女の身上を気にしているのか？）

エリシアとの結婚を決意した頃、一度こちらに帰ってきて彼女と会ってほしい、という手紙を送ったことがある。しかし待てども待てども返事が来ない。予期せぬ不着を考慮して、さらに二度ほど発送したにもかかわらず、だ。

（直接話しさえすれば、彼女がどれだけ優しく、素晴らしい女性か伝わると思うんだが……。あの人はどうしても、家柄というものを気にするからな……）

物心ついた時から、貴族としての振る舞いを叩《たた》きこまれた。誰にも隙を見せるな。警戒しろ。信用するな。お前は絶対に上に行け。そのためには――付き合う人間を選べよ、と。

（付き合う人間……か）

もちろんアレクシスとて、彼女の境遇がまったく気にならないわけではない。

だが彼女が自ら打ち明けてくれる時を待つべきだ、という気持ちの方が強く、その考えはこれからも変わることがないだろう。自分がすべきことは、父親がどれだけ反対しても説得する。ただそれだけだ。

（しかし、考えているばかりでは意味がない。やはりもう一度手紙を――）

そこに控えめなノックの音がして、いつもの小姓が顔を覗かせた。

「アレクシス様、シルヴィア様よりお手紙が」

「シルヴィアから？」

受け取って封を開く。入っていた便箋《びんせん》には、娼館の修繕が終わったこと、明日にでも営業を再開する旨が書かれていた。

（もう終わったのか……。……エリシアはどうするつもりなんだ？）

今の状態が続くようなら、彼女はミゲルを連れて店に戻ってしまうだろう。そうなる前にちゃんと話をしなければ――とアレクシスは唇を噛みしめる。するとその直後、先ほどより早いノックの音がした。続けて部下の一人が飛び込んでくる。

「失礼いたします！　隊長、邸の使用人を名乗る方が来られまして」

「うちのか？」

「はい。至急『先ほど旦那様がご帰宅されました』と伝えてほしいと――」

「！」

部下からの伝言を聞いた途端、アレクシスは勢いよく立ち上がった。脇に置いていた外套《がいとう》を羽織ると大股で執務室をあとにする。

「少し席を外す。急ぎがあれば俺の家に」

「は、はいっ！」

驚きに目を丸くする部下を残し、アレクシスは廊下を足早に突き進む。その顔には焦燥が色濃く滲《にじ》んでおり、口の端から動揺が零《こぼ》れ落ちた。

「父上、どうしていきなり……」

いつもであれば、邸に帰ってくる前に一報を入れてくるのに。ただならぬ不安を抱えたまま、アレクシスは自宅へと急ぐのだった。

◆　◆　◆

同刻。窓から暖かい陽光が差し込む午後。

アレクシス邸ではミゲルがいつものように読書を楽しんでいた。エリシアもまた、ソファで作りかけの刺繍と向き合っている。ただしその表情はどこか暗い。

（アレクシス様……）

待遇はこれまでと変わらず、エリシアは貴族の令嬢のような日々を送っていた。だがアレクシスとはあの夜以降、ぎくしゃくとした状態が続いている。

（でも両親のこと、どう説明すれば――）

半分ほど完成した刺繍を見つめ、エリシアは唇を引き結ぶ。そこにコンコンというノックの音が響き、メイドの一人が封書を手に現れた。

「エリシア様、シルヴィア様よりお手紙が届いております」

「……？」

お礼を言って受け取り、すぐに中身を確認する。そこには『フォルトゥーナ』の営業再開について書かれており、エリシアは再度浮かない表情を見せた。

（いよいよ、ここにいる理由がなくなってしまいました……）

便箋から顔を上げ、隣で熱心に絵本を読んでいるミゲルを見つめる。

その時、外から騒がしい物音が聞こえてきた。馬のいななきに続き、玄関の扉が乱暴に開閉される音。次いで使用人たちの戸惑うような声が起こったかと思うと、それがどんどん二階に近づいてくる。

「な、なにが……？」

やがてバァンと勢いよく客室の扉が開いた。必死に引き留めようとする使用人たちを振り払い、一人の男がずかずかと入ってくる。

「お前がエリシアか」

「は、はい。そうですが、あなたは……」

ミゲルを庇いながら、エリシアはじっと相手を観察する。歳《とし》はギルフォードと同じくらい。がっしりとした体格で、アレクシスのものとよく似た騎士服を着ていた。ただし生地の色は異なり、装飾もほとんど付いていない。

男はエリシアをじろっと睨《にら》みつけると、険しい顔つきで口にした。

「アレクシスが会いに帰れとうるさいから来てみれば……なんでも事情があって、娼館で働いているそうだな？」

「そ、それには理由がありまして……」

「そんな身空で、よくアレクシスと結婚出来ると思ったものだ！　とっとと荷物をまとめて、この邸から出て行け！」

「……っ！」

部屋中に響き渡るような怒号に、エリシアは思わず身をすくませた。腕の中にいたミゲルもまた怯えたように姉の服をぎゅっと摑んでいる。するとまたもや階下が賑やかしくなり、仕事に出ていたはずのアレクシスが部屋に飛び込んできた。

「父上！　やめてください！」

(お父様……？)

父上と呼ばれた男性はゆっくりと振り返り、アレクシスと正面から向き合った。

「アレクシス。なぜわたしの許可もないうちから、この女を邸に招き入れている」

「それは……彼女の住んでいた寮が火事に遭って、行き場を失っていたからで」

「この邸の主人はわたしだ。勝手なことをするな！」

「そんな……」

アレクシスを一瞥《いちべつ》したあと、男性――アレクシスの父親は再度エリシアを振り返った。

「聞こえただろう。いますぐ姿を消せば許してやる。もう二度とこの邸に近づくな！」

「父上！　ですから話を――」

（どうしましょう、私、どうしたら……）

必死に説得しようとするアレクシスの姿に、エリシアはたまらず息を呑《の》む。しかしすぐにミゲルを抱き寄せると、その場で深々と頭を下げた。

「勝手にお邸に立ち入ってしまい、大変申し訳ありませんでした」

「エリシア!?」

「失礼いたします」

そう言うとエリシアは険悪な雰囲気の二人の脇を通り過ぎた。とっさにアレクシスが引き留めようとしたが、父親によって阻止されてしまう。

「待ってくれ、俺は」

「アレクシス、お前には話すことが――」

「うるさい！　彼女のことを何も知らないくせに、勝手なことばかり言うな！　待ってくれエリシア、エリシア!!」

「……っ！」

背後でアレクシスの声が聞こえたが、エリシアは振り返ることなく階段を駆け下りる。戸惑う使用人たちの視線に耐えつつ、ミゲルと二人だけで邸をあとにした。持ってきたわずかな荷物すら取りに行くことが出来ず、本当に着の身着のままである。

それでも――あの場所から、一刻も早くいなくなりたかった。

(もっと早く、こうするべきでした……)

そもそも自分は、アレクシスと釣り合うような存在ではなかったのだ。

でも彼のことが好きで、傍《そば》にいられることが嬉しくて、ずるずると居座ってしまった。本当はすぐにでも真実を伝えて、身を引くべきだったのに。

(ごめんなさい、アレクシス様……)

溢《あふ》れ出た涙で、世界の輪郭がぐにゃりと歪《ゆが》む。

それに気づいたミゲルが、小さな両手をエリシアの頬にそっと伸ばした。

「お姉様、泣いてるの？」

「……大丈夫よ。ごめんなさい、あなたまで巻き込んでしまって」

「ううん。平気だよ」

ミゲルの体をぎゅっと抱きしめ、エリシアは王都の大通りへと出る。冬の山場は越えたとはいえ春にはまだ遠く、外套を着ていない二人の体を冷たい風が襲った。

(寒い……)

楽しそうに歩く家族連れと街中ですれ違うたび、以前アレクシスと三人で回った『聖ディア祭』

のことを思い出した。あんな幸せな時間はもう二度と訪れないのだろう。

「…………」

やがて二人は見覚えのある裏通りへと戻ってきた。

古い酒場と宿屋で埋め尽くされた、雑多で騒がしい街並み。酔客ときらびやかな娼婦たち。それらを守護するかのようにたたずむ、高級娼館『フォルトゥーナ』。

（……大丈夫。何もかも最初に戻っただけ。きっとあれは、夢だったのよ……）

ミゲルと二人、シルヴィアに連れてこられた極寒の夜を思い出す。

火事からの復元が終わり、あの頃とまったく変わらない外観を取り戻した豪華な娼館の扉を、エリシアは静かに叩くのだった。

第五章　再び、生きるために

新しく建てられた寮の食堂で、エリシアは一人うつむいていた。そんな彼女の前に、先輩娼婦たちが次から次へと物を置いていく。

「ほら、あたしがいつも吸ってるたばこ。気分転換におすすめ」

「昨日ね、お客様から最高級の桃もらっちゃった。エリザにも分けてあげる」

「お腹減ってるでしょ。特製スクランブルエッグ食べな？」

「エリザ、この前あげた『授乳プレイ』の薬、またあったから買っておいたわよ」

その後もきらびやかできわどい衣装や買ったばかりの化粧品、巷《ちまた》で人気の焼き菓子、可愛《かわい》らしいぬいぐるみなどが山のように積み上げられる。

だがエリシアはそれらを悄然《しょうぜん》とした目で見つめると、力なく微笑《ほほえ》んだ。

「すみません、皆さん……」

「謝ることないよ。なんだか大変だったんだろう？」

「そうそう。ていうか、てっきりアレクシス様に身請けされたんだと思ってたー」

「ちょっと、そういうこと言わないの！」

「…………」

するとき最後に現れた先輩――カミラがエリシアのもとに歩み寄った。

「エリザ、シルヴィアママが呼んでる」

「はい、今行きます……」

ふらりと立ち上がり、エリシアはゆっくりと娼館の方へと向かう。そのすれ違いざま、カミラがぼそっと口にした。

「ほんとに大丈夫なの？」

「…………」

「あんまり無理しない方がいいよ。その……愚痴くらいなら聞けるからさ」

少し恥ずかしそうなカミラを見て、エリシアは静かに目を細めた。

「……ありがとうございます。でも、大丈夫なので」

「あんた――」

「シルヴィアさんのところ、行ってきますね」

娼館に行くための渡り廊下の扉が閉まり、エリシアの姿が見えなくなる。残された先輩娼婦たちは、それを複雑な面持ちで眺めるのだった。

開店前の娼館では、シルヴィアがキセルをふかしていた。

「今日も来たよ。旦那」

「…………」

「頼まれた通り、また帰ってもらったけど……このままで良いのかい？」

「はい。お会いしても、ご迷惑になってしまうので……」

力なくうつむくエリシアを見て、シルヴィアは「ふう」と紫煙を吐き出した。

「ま、好きにしな。ただこれだけは渡しとくよ」

「……？」

「旦那からの手紙さ。せめてこれだけでもと頼まれたんだ」

「ありがとうございます……」

エリシアは差し出された封筒を受け取る。それを見たシルヴィアは、役目は果たしたとばかりに背を向けた。

「とりあえずしばらく休んでな。まだ旦那からの前金が残ってるんでね」

「はい……」

シルヴィアに礼を言い、エリシアは寮にある自分の部屋へと戻ってくる。すぐにミゲルが駆け寄ってきて、心配そうにこちらを見上げた。

「お姉様、大丈夫？」

「うん。……ごめんね、あんまり遊んであげられなくて」

「ううん。ぼく、お姉様の代わりに働いてくる。だからここで休んでて」

そう言うとミゲルはどこか得意げな表情で階下へ下りて行った。姉がきちんと働けていないことに気づいているのか、以前にもましてお手伝いをする回数が増えた気がする。

（ミゲルにまで迷惑をかけて……。いい加減しっかりしないと――）

手の中にあった手紙を見つめる。

中を見るのが怖かったが、いつまでもこのままではいられない。

（いったい、なんと書かれているのでしょうか……）

鏡台の前に座り、おそるおそる封を開く。中からは重なった二枚の便箋《びんせん》が出てきて、どれもぎっしりと文字が刻まれていた。

（……『エリシアへ　まずは君に謝らせてほしい――』）

最初に書かれていたのは父親の暴言に対する謝罪。そしてそれを止めることが出来なかった、未熟な自身への叱責が綴《つづ》られていた。

（『父のことは俺が絶対に説得する。君が望むなら、親子の縁を切ったってかまわない。だからもう一度、ちゃんと話をさせてくれ――』……）

真面目な彼らしい、真摯で誠実な言葉。

だが彼の父親から浴びせられた罵声《ばせい》は、いまもエリシアの耳に残っている。

（こうなることは、分かっていたはずなのに……）

今の自分はただの娼婦。貴族であるアレクシスと釣り合うはずがない。エリシアは唇を固く引き結ぶと、便箋を封筒へと戻した。いちばん上の引き出しにしまい込むと、カチャリ、と鍵をかける。

鍵をポケットにしまうと、大きく息を吐き出して立ち上がった。

「――さ、仕事をしましょう！」

その日から少しずつ、エリシアは以前の調子を取り戻し始めた。

寮での食事、洗濯、裁縫――ただしアレクシスやその知り合いと鉢合わせないよう、娼館での仕事はシルヴィアに頼んで控えさせてもらっている。

ようやく覇気を取り戻したエリシアの様子に、先輩娼婦たちもほっと胸をなでおろした。だが明るくあろうとするその姿が、逆に痛々しくもあり――みな言葉にはしないまでも、エリシアのことを気にする日々が続いていた。

◆　◆　◆

そして二週間が経過した。

毎日のように来ていたアレクシスの姿が今日はなく、エリシアは一人安堵《あんど》する。

(良かった……)

顔を見ると決心が揺らいでしまいそうで、どうしても会えなかった。だがここまで頑《かたく》なに拒否されたことで、アレクシスもようやく諦めがついたのだろう。

(……これで、良かったのですよね)

やがて日が落ち、先輩娼婦たちが娼館へと出勤していく。そんななか、寮の厨房《ちゅうぼう》を片づけていたエリザのもとに先輩の一人が声をかけた。

「ごめんエリザ、ちょっといい？」

「はい、なんでしょうか」

「実は今日までの支払いがあったんだけど、すっかり忘れてて……。あたしの代わりにこのお金、持って行ってくれない？」

「ふふ、分かりました。いつもの飲み屋さんですね」

快くお金を受け取ったエリシアは、片づけを終えて寮の裏口へと向かう。最近では冬の寒さもずいぶん和らいでおり、エリシアは澄んだ夜空を見上げた。

（外に出るのも久しぶりだわ……）

歓楽街にはすでに多くの人出があり、エリシアはそそくさと目的の店へと急ぐ。支払いを終え、寮に戻ろうとしたところで突然、背後から覚えのある声が飛んできた。

「エリシア！」

「!!」

慌てて振り返る。そこにいたのはまぎれもなくアレクシスだった。

その瞬間、何かを考えるよりも先に足が動く。

「待ってくれ、エリシア！」

「……っ！」

追いかけてくるアレクシスから必死になって逃げ続ける。やがて寮の裏口が見えてきて、エリシアは転がり込むようにして飛び込むと、急いで内側から扉を閉めた。

直後、ドン、と木の扉が揺れる。

「エリシア、話を聞いてくれ！　俺は――」

「ごめんなさい！　でも、私……」

言葉に迷うエリシアに気づいたのか、アレクシスは扉の向こうですぐさま押し黙った。だが続きがないことを察すると、しばらくして彼が苦しそうに言葉を発する。

「本当にすまなかった。父が君に、あんなひどい言葉をかけるなんて」

「…………」

「父のことは、俺が必ず説得する。だから――」

アレクシスが心から謝罪してくれていると、その声色だけで分かった。だからこそエリシアはきちんと自分の考えを口にする。

「お父様の不安は、ごもっともだと思います」

「エリシア……？」

「アレクシス様のことは、今も好きです。大好きです。でも、結婚をするのであれば……もっとふさわしい身分の方がいると思います」

「身分なんて関係ない！　俺は――」

「すみません、失礼します」

「エリシア……!!」

「ごめんなさい……！」

この薄い扉一枚を隔てた先に、大好きなアレクシスがいるのに。

出来ることなら、すぐにでも彼の胸に飛び込みたいのに。

「………」

エリシアはしばらく扉に手を添えていたが、やがて振り返り、寮の方へと歩き始めた。

今なお聞こえる彼の叫びから逃げるように、そのまま渡り廊下をわたって娼館の方まで移動する。

ようやく足を止めた時、その目には大粒の涙が浮かんでいた。

（やっと、言えた……）

安堵と同時にとてつもない悲しみに襲われ、エリシアはついにその場で落涙する。するとちょうど玄関から入ってきたシルヴィアが、その姿を見て驚いたように眉を上げた。

「エリザ、どうしたんだい」

「な、なんでもありません……」

「………」

無理やりに笑おうとするエリシアを前に、シルヴィアがぽつりとつぶやいた。

「以前あんたに『この仕事をしていて、本当の恋をする奴《やつ》もいた』と話したことがあったね」

「は、はい……」

「そいつらがどうなったか、知りたいかい？」

「……？」

エリシアは濡れた瞳でシルヴィアを見つめる。妖艶な女主人は、真っ赤な紅を引いた口の端を綺《き》麗《れい》に持ち上げた。

「その子――ローザは王都でもとびきりの美人だった。性格も良くてね、あたしも何度も助けてもらったものさ」

「シルヴィアさんが……」

「指名客も多くて、毎日忙しそうだった。そんななか、一人の貴族がえらくローザに惚《ほ》れ込んでね。『自分以外の指名を取らないでほしい』と大量の前金を支払ったんだ。……まるで、どっかの誰かさんみたいだねえ」

「…………」

「ただ男はたいそうな堅物で、なかなか手を出さなかったらしい。そんな男は珍しかったのか、気づいた時にはローザも相手の男に惚れ込んでしまったそうだ。結局二人は結婚した。その子は仕事を辞めて、子どもを産んで――それはそれは幸せそうだったよ」

「そう、なんですね……」

まるで自分たちのことを言われているかのようで、エリシアは返答に迷う。

でも、とシルヴィアが視線を落とした。

「ただしばらくして――亡くなった、と風の噂《うわさ》で聞いた」

「えっ……？」

「病気か、産後の肥立ちが悪かったかは知らないがね。ただ聞けば、それなりに苦労していたらしい。なにせ一介の娼婦から、貴族の奥方にならなきゃいけなかったんだから」

まさかの結末にエリシアは言葉を失う。

そんなエリシアを見て、シルヴィアは静かに続けた。

「あたしはあんたに、『踏み込む勇気も必要だ』と言ったね。それは、本気で好きになった男と結ばれたローザが、とても幸せそうだったことを思い出したからだ。でも――」

シルヴィアの手がエリシアの眦《まなじり》に伸び、そっと涙の跡をぬぐう。そのまま、娘を見守る母親のように優しく微笑んだ。

「……それは間違いだったのかもね。あんたがつらいなら、無理をすることはない。いちばん大切なのはあんたが笑顔で、生きていることだけなんだから」

「シルヴィアさん……」

触れられた指先が思いのほか温かく、エリシアはまたも涙を滲《にじ》ませる。

そんな二人の後ろで、カラン、と玄関の呼び鈴が鳴った。扉を開けて入ってきたのは常連客ではなく、初めて見る若い男だ。

「失礼～。予約はないけどいけるかな」

「……悪いけど、今は誰も空いてなくて――」

すぐに断ろうとしたシルヴィアをエリシアが制した。

「あの、私、大丈夫です」

「エリザ？　あんたにはまだ……」

「もうこれ以上、アレクシス様に甘えたくないんです。ちゃんと自分で生きていけるようにならないと――」

「……そうかい」

シルヴィアはわずかに逡巡《しゅんじゅん》したものの、くい、と顎で二階を示した。

「『真珠の間』は空けてある。……さっさと準備してきな」

「はい！」

答えたあとで、エリシアは自身の足が震えていることに気づく。だがすぐに唇を引き結ぶと、支度をすべく寮へと駆け戻るのだった。


十数分後、真珠の間。

エリシアは真っ赤なナイトドレスを身にまとい、先ほどの男を出迎えた。

「エリザと申します。今日はよろしくお願いいたします」

「うん。よろしくー」

（……？）

妙に軽佻《けいちょう》な男の声に戸惑いつつも、エリシアは男をベッドへと案内する。シルヴィアとはまた違った色味の赤髪に、黒いふちが目立つ眼鏡。身長はそれなりに高いが、アレクシスとは違いひょろりとした体つきだ。

揃《そろ》ってベッドに入ったところで、男がへらへらと破顔する。

「いやあーラッキーだなー。こんな可愛い子が空いてたなんて」

「……ありがとうございます」

にこ、と口角を上げてみせるが、ちゃんと笑えているか分からない。アレクシスと一緒にいる時は、どんな顔をしているか意識したことすらなかった。

（……私、まだアレクシス様のこと……）

鼻の奥がつんと痛むのをこらえつつ、エリシアはぎこちない手つきで男の服に触れた。

「ではあの、始めさせていただきますね」

「うん。お願いするよ」

高価《たか》そうなジャケットを脱がせ、中に着ていたベストのボタンを上から外していく。見た目からは分からなかったが、それなりに筋肉質のようだ。男の顔を見るのが恥ずかしく、エリシアはうつむいたまま何度も手を滑らせた。

「す、すみません、慣れてなくて」

「いいよいいよ、そういう子の方が興奮するし」

「そ、そうですか……」

言い表せない気持ち悪さがぞわぞわとエリシアの耳殻《じかく》を撫《な》でる。だがここで仕事を投げ出すわけにはいかないと、エリシアは無心で作業に取り組んだ。

やがてベストが男の肩から落ち、グレーのシャツと黒のパンツだけになる。その組み合わせになぜか既視感を覚えつつも、エリシアはこわごわとシャツの襟元に手を伸ばした。いまだ震える手つきを見て、男がからかうように話しかけてくる。

「ひょっとしてエリザちゃん、初めてなの？」

「え、ええと……」

「んじゃ、俺が最初の相手だね。やった～」

「………」

反応しないよう心を殺し、いちばん上のボタンを外す。

男の首筋が露《あらわ》になり――その瞬間、エリシアは大きく目を見開いた。

（これ――）

そこにいたのは赤いトカゲ。

かつてエリシアが目にした――偽《にせ》宝石商の持つ、細長いやけどの痕だった。

そして――。

（『ヴィル・ガーネット』……！）

一度見たら忘れられない、赤と紫の宝石。

それを加工したペンダントが男の胸に輝いていたのだ。

怒りとも嫌悪ともつかない感情がぶわっと全身を駆け巡り、エリシアはすぐさま大声を出そうとする。だがそんなエリシアの口を男が乱暴に塞いだ。

「――!?」

「ねえ、もういっこ聞いていい？　――本当はエリザじゃなくてエリシア、だよね？」

（……っ！）

すぐさま見上げた男の顔には、弓なりに細められた赤い瞳があった。微笑みのようで、その実何を考えているかまったく分からないその表情に、エリシアはこれまでにない恐怖を覚える。

一方男はにやついたまま、わざとらしく唇を尖《とが》らせた。

「ずうっと捜してたんだぁ。あちこち尋ね歩いたんだけど、全っ然見つかんなくって」

「……！　……!!」

「ここも一回来たんだけどねー。黒髪の子はいないってあっさり追い返されちゃって。でも見たことあるって噂を周りから聞いて、あーこれ隠してんなーと。でもここすごくガード固くってさ、ここそ調べるのも面倒になってついあぶり出しちゃった」

（あぶりだすって……まさか、この人が火事を……？）

必死にもがくが、男の力が強くて逃げ出すことが出来ない。

次第に意識が朦朧《もうろう》とするなか、偽宝石商の男はなおも楽しそうに話し続けた。

「でもほんとラッキーだったな～。道のど真ん中で、君の本名を叫んでいる男がいるんだもの。捜す手間が省けたよ」

「……っ！」

追いかけてきたアレクシスの顔を思い出す。しかしいよいよ脳への酸素が足りなくなってきたのか、視界が霞《かす》み始めた。

（ここで……やられるわけには……）

最後の抵抗とばかりに、男の胸に下がるペンダントを摑《つか》む。

手のひらに走った強い痛みとともに金具が外れ、カタタン、と硬質な音が『真珠の間』のどこかに響いた。

「――っ、こいつ……！」

（アレクシス、様……）

男の短い舌打ちが響く。

その直後、エリシアの意識は深い暗闇に落ちていった。

第六章　本当の敵

まだ朝日が昇りきっていない早朝。

刺すような空気の中、王都の大通りを馬群が勢いよく駆け抜けた。

「……っ！」

馬具が揺れる派手な音とともに、アレクシスとその部下たちが歓楽街へと到着する。娼館『フォルトゥーナ』の前には多くの人が押し寄せており、馬上にいたアレクシスはすぐさま地面に下り立つと、人ごみをかき分けてシルヴィアに話しかけた。

「シルヴィア！　エリシアが誘拐されたというのは本当か⁉」

「……ああ」

見ればシルヴィアのこめかみには、何かで殴られたような痛々しい痕があった。彼女は普段より長くキセルを口に含むと、苦々しげに報告する。

「昨日、一見の客が来てね。エリシア――エリザを相手につけたんだ」

「なっ……⁉　なぜだ、彼女には俺が」

「エリザたっての希望だったんだよ。……でもあの男、どうやら最初からエリザのことを捜しまわっていたらしい」

シルヴィアが言うには、赤い髪に黒縁の眼鏡をしたやせ型の男で、どこにでもいる貴族の放蕩《ほうとう》息子という印象だったらしい。

事件が起こったのは昨夜。男が二階に上がってしばらくした頃、『真珠の間』で窓ガラスが割れるけたたましい音がした。階下にいたシルヴィアが駆けつけて扉を開けたところ、死角に潜んでいた男に鈍器で殴られたという。

「普段なら用心棒がいるんだが、その時間たまたま別のもめ事を片づけていてね。目が覚めた時にはもう二人の姿はなかった」

「どこに行ったか、目撃した者は？」

「店の子は全員部屋の中にいたし、客も鉢合わせていないらしい。正面から出ると目立つから、おそらく寮の裏口からだとは思うが――」

「……まずは現場を見せてくれ」

シルヴィアの先導に従い、アレクシスたちは『真珠の間』に入る。

かつてエリシアと過ごした思い出の部屋は、割れた窓ガラスが散乱した凄惨《せいさん》な状態と化していた。ベッドには乱れたシーツと毛布が放置されており、それだけでアレクシスの動悸《どうき》が激しくなる。

（エリシア……）

しかしここで冷静さを欠いてはならないと、アレクシスは長く息を吐き出した。室内を捜索していると、部下の一人が鏡台の下からキラキラと輝く何かを見つけ出す。

「隊長、こんなものが」

「これは……ペンダントの飾りか？」

赤と紫の入り混じった雫《しずく》形の宝石。

その美しさに目を奪われたアレクシスは、なぜか名状しがたい既視感を覚える。

（これ……どこかで――）

エリシアが持っていたものか、はたまた客の誰かの落としたものかは分からない。アレクシスはいったんそれを回収するとシルヴィアの方を振り返った。

「次は寮に案内してくれ。何か痕跡が残っているかもしれない」

『真珠の間』をあとにし、一行は裏手にある寮へ。

中に入ると、不安げな顔をした娼婦たちが食堂に集まっていた。

「騎士様、エリザは……」

「居場所を特定し、必ず助け出す。そのために犯人の情報を貰《もら》えないだろうか」

「情報って言われても……」

やはりシルヴィアの言うとおり、男の容姿や動向を見た者はいないようだ。部下たちが裏口周辺を調べに行ったものの、証拠となりそうなものはなかったという報告が返ってくる。

（監禁場所としては王都内、周辺の村、街……。だが商団の積み荷にでも紛れ込まされていれば、もっと遠方に連れ出されている可能性もある……）

娼婦のエリシアを身代金目的で誘拐するとは思えない。考えられるとすれば個人的な執着、あるいは奴隷として異国へ売り渡す気か。せめて誘拐の動機が分かれば絞り込みようもあるが、現段階ではさらわれた理由も犯人の目星もつかないままだ。

（エリシア……いったいどこに……）

そこに二階から金髪の娼婦が下りてきて、困惑したように口を開いた。

「だめだ……ミゲルのやつ、全然出て来ないよ」

「ミゲル？　エリシアの弟御《おとうとご》か」

「あんた、なんでエリザの名前――ああ、もしかしてあんたがエリザの旦那か」

「ミゲルは無事なのか!?」

「多分ね。だけど今朝からずっと部屋に籠《こも》っててさ」

「……っ！」

それを聞いたアレクシスはすぐに二階へと駆け上がった。遅れて追いかけてきた金髪の娼婦にエリシアの部屋を尋ねると、慎重にノックする。

「ミゲル？　俺だ、アレクシスだ」

長い静寂のあと、扉の向こうでカタン、と小さな物音がした。

「……アレクシスお兄様？」

「そうだ俺だ。ミゲル、無事なのか？　怪我《けが》は？」

「ぼくは大丈夫。でもお姉様が……」

「エリシアについて何か知っているのか!?」

「…………」

先ほどより長い沈黙を経て、扉が少しだけ動く。わずかに開いた隙間から、怯《おび》えた様子のミゲルが顔を覗《のぞ》かせた。

「怖い人、アレクシスお兄様がやっつけてくれたの？」

「……いや、まだだ。でも今ここにはいない。それよりミゲル、怖い人を見たのか？」

「…………」

今にも泣きそうな顔で押し黙るミゲルを前に、アレクシスは懇願する。

「なにか知っているなら教えてくれないか？」

「で、でも……」

「お姉さんを助けたいんだ。頼む……」

「…………」

アレクシスの必死な声を聞き、ミゲルはようやく扉を押し開けた。

「ぼく、お掃除の箒《ほうき》を出しっぱなしだったのを思い出して、昨日の夜、こっそり一階に下りたの。そしたらおっきな男の人がお姉様を抱っこしてて……」

「どんな男だった？　顔とか、体格とか」

「よ、よく分かんない……でもトカゲさんがいたよ。赤いトカゲ」

「トカゲ？」

するとミゲルは、おそるおそる自身の首元を指差した。

「このあたりにいたの。でも見てたらすっごく睨《にら》まれて、誰かに言ったら、こ……殺――」

「――もういいミゲル。よく頑張ったな。怖かっただろう」

アレクシスが微笑《ほほえ》んだ瞬間、ミゲルはぶわっと大粒の涙を零《こぼ》して彼に抱きついた。勇気を振り絞った小さな背中を撫《な》でていると、そのやりとりを見ていた金髪の娼婦がなにやら複雑な表情を浮かべている。

「ねえ、さっき『赤いトカゲ』って言った？」

「ああ。だがどういう意味なのか――」

「それ……もしかしたらやけどの痕かも」

「やけど？」

いつの間にか二階の廊下には、シルヴィアをはじめとした娼婦たちが集まっていた。金髪の娼婦は額に手を当て、懸命に記憶を手繰《たぐ》る。

「ちょっと前、あたしを騙《だま》した男にもそんな変わった形のやけどがあったんだ」

「その男はどこにいる!?」

「知らないって。むしろあたしが捜してるくらいだよ。結構若くて黒い長髪で。すっごい頭良さそうなしゃべり方して、有名な医者と知り合いだって嘘《うそ》ついてたんだけど……」

「黒髪……？」

シルヴィアの証言と食い違う。放蕩息子という印象ともかけ離れている。

（別人か？　しかし――）

アレクシスの思考が混迷していく。捜し出すべきは赤髪の男か、黒髪の男か——。

だがその迷いを断ち切るように、カン、と甲高い音がその場に鳴り響いた。顔を上げるとシルヴィアが、持っていたキセルで近くの柱を叩《たた》いている。

「それだけ分かれば十分だよ」

「シルヴィア……」

「髪やら目は、薬で変えちまえば分からなくなる。話し方だって一緒さ。そいつはそうやってなりを変えて、色々な奴《やつ》を騙し歩いてきたんだろうよ。でも体についた傷やあざは、そうそう変えられるもんじゃない」

「だが、どうやって……」

するとシルヴィアは優雅な仕草でキセルを咥《くわ》えた。その瞬間——かつてあらゆる男たちを虜《とりこ》にしたという、伝説の娼婦が再臨する。

「なめんじゃないよ。ここは王都一の高級娼館『フォルトゥーナ』。この子たちは、この街に住む男の体を隅から隅まで知っている」

「まさか……」

そう言うとシルヴィアは形の良い唇で「ふっ」と片笑んだ。同時に紫煙が妖しくたなびき、彼女の後ろにいる娼婦たちを艶やかに彩る。きらびやかな衣装に身を包んだ極上の女性たちが、それぞれ蠱惑《こわく》的な笑みをアレクシスに向けた。

そんな彼女たちに向かって、シルヴィアが声高に命じる。

「あんたたち、持てる人脈全部使って、首にやけどがある男を捜してきな！」

「オッケー、ママ～!!」

キャッキャと、あるいはウフフとはしゃぎながら娼婦たちは一階に下りていく。その光景をアレクシスがぽかんと眺めていると、最後に歩き出したシルヴィアが振り返った。

「心配しなくていいよ。このあたしに傷をつけたこと、そして可愛《かわい》いうちの子に手を出したこと、一生後悔させてやるから」

「あ、ああ……」

思わぬ援軍の登場に、アレクシスはこくりとうなずく。そこで先ほどの証拠品——壊れたペンダントの飾りを取り出した。

（犯人が見つかれば、そこから居場所も割り出せるはず……）

だが先ほどから妙に胸がざわついている。なんだろう。この違和感は——。

（……？）

アレクシスは唇を嚙《か》みしめると、前を歩くシルヴィアを呼び止めた。

「……シルヴィア、すまないが——」

◆　◆　◆

エリシアが目覚めた時、そこは見知らぬベッドの上だった。

（ここは……）

ゆっくりと体を起こす。

貴賓室を思わせる室内には、鏡台やソファといった豪華な家具が一通り揃《そろ》っていた。人質として捕らえたり、監禁したりという場所には思えずエリシアは混乱する。

（まさか、あの男の家？）

手にも足も拘束具はなく、縛られている部位もない。ただしナイトドレスではなく、デビュタントの令嬢がまとうような可愛らしい純白のドレスに着替えさせられていた。

（いったいどうして……）

気味悪さを振り払いつつ、エリシアはベッドを下りて扉に駆け寄る。

だが当然のように鍵がかかっていたため、すぐに反対側にあった窓を確認しに向かった。しかしこちらも頑丈に固定されており、押しても引いても微動だにしない。外の景色から推するに、どうやらここは二階のようだ。

（太陽があんな高さに……攫《さら》われてから、結構な時間が経《た》っているみたい）

ここがどこかは分からないが、とにかく早く脱出しなければ。

しかしどうすれば――。

「……そうだわ！」

エリシアは再び扉の前に向かうと、後頭部にあった髪飾りを外した。以前『聖ディア祭』に行った時、アレクシスから買ってもらったものだ。

(ごめんなさい、アレクシス様……)

彼から貰ったものをまたも犠牲にするのかと思うと心が痛んだが、エリシアは慎重に髪飾りを分解する。柔らかい金細工の部分を伸ばすと、先端を扉の鍵穴へ差し込んだ。そのまま耳を澄ませ、微妙な音の違いを聞き分ける。

(カミラ先輩から習った、鍵開けの方法――)

しかしそう簡単に上手《うま》くいくはずはなく、五分が過ぎ、二十分が経過したところで、エリシアの額には玉のような汗が浮かび始めた。あの男が戻ってくるかもしれないという恐怖と闘いながら、エリシアは開錠作業に集中する。

するとようやくカチ、とラッチの動く小さい音がした。

「やっ……た……！」

全身からどっと力が抜け、エリシアは思わずその場にへたり込む。しかし即座に立ち上がると、扉に片耳を押しつけて室外の様子を探った。

(物音がしない……。一階に下りられれば、窓を割って出られるかも)

細心の注意を払い、静かに扉を押し開ける。身を屈《かが》めながら廊下に出ると、そのまま一階に繋《つな》がる階段を探した。

(あった……！　人の気配は……)

幸い周囲に人影はなく、エリシアは音を立てないようにして階下へ向かう。無事一階に到着したところで、廊下の窓から外を確認した。近くに適度な植え込みがあり、潜り込めばなんとか身を隠せそうだ。

（チャンスは一回だけ……）

エリシアは履いていた靴を脱ぐと、ヒールの部分をガラスに向けた。周囲に人がいないことを確かめると、大きく息を吸い込んでそのまま勢いよく振り下ろす。バシャリン、という派手な音がして、窓ガラスが綺麗《きれい》に割れ落ちた。

（つ、早く――）

わずかに残ったガラスをどかし、慎重に窓枠から脱出する。植え込みの中をこそこそと移動すると、建物から離れたところの陰でしばらく息をひそめた。

（良かった……。このまま外に――）

だが遠くから突然、慌ただしい靴音が聞こえてきた。その場で気配を消していると、庭の奥からごろつきらしき男たちが現れる。

「おい！　何の音だ」

「窓ガラスが割れているぞ」

（……！）

さらに男たちの数は増え続け、建物の中にいた男が叫んだ。

「おい！　部屋に誰もいないぞ！」

捜せ！　と誰かが叫んだのをきっかけに、いっせいにごろつきたちが動き始める。それを見たエリシアは蒼白《そうはく》になった。

（どうしましょう、このままでは……）

とにかくどこかに隠れなければ、と周囲を見回す。

すると植え込みから少し行ったところに、木で出来た小さな建物があった。よほど古いものなのか、背面側の一部の板が壊れている。

男たちの目をかいくぐり、慎重に近づく。ギリギリの距離まで接近すると、隙をついて小屋の裏手へと転がり出た。外れていた板の隙間からすばやく中に入り込む。

「――っ……！」

薄暗がりの中、エリシアはしばし息を殺した。

壁一枚を隔てた向こうで男たちの声がし、やがて離れていく。完全に気配がなくなったことを察すると、そろそろとその場に立ち上がった。

（ここは物置？　でしょうか……）

何か逃走の助けになるものはないかと、エリシアは小屋の中を見て回る。床には錆《さ》びついた長剣や斧《おの》、ボロボロになった外套《がいとう》などが散らばっていた。一角にはこぢんまりとしたテーブルがあり、大量の羊皮紙が無造作に広げられている。

おそるおそる覗き込んだエリシアだったが、そのうちの一枚を思わず摑《つか》んでしまった。

「これは……お父様……？」

そこにあったのはエリシアの父――デイヴィット・グレンヴィルについての資料だった。爵位、領地、家族構成、健康状態といったあらゆる情報が詳細に記載されている。

（こうして情報を集めて、狙いを定めていたのね……）

どうやら他にもターゲットとなった貴族がいるらしく、同様の内容が書かれた羊皮紙が次から次へと出てくる。その途中、エリシアはある一枚の資料に目を留めた。

（ローザ……？）

男性ばかりの中にめずらしく、女性の名前が交じっていた。記されている内容を確認したが、他の資料に比べて格段に情報が少ない。

（どうしてこれだけ……。それにローザって確か……）

しかしエリシアが思い出すよりも早く、出入り口の方で扉の開く音がした。バタン、と閉まる音が続き、ゆっくりとした足音が近づいてくる。エリシアは近くにあった棚の陰に隠れたものの、他に逃げられそうな場所はない。

（ど、どうしたら……）

かくなるうえは、とエリシアは足元に転がっていたナイフを拾いあげた。

こくり、と唾を飲み込み、相手の動向を探る。

（お願い、来ないで――）

だが必死の祈りもむなしく、その人物は確実にこちらに迫ってきた。ついに棚のすぐ傍《そば》に気配を感じ、エリシアはナイフの柄をぎゅっと握りしめる。

やがて相手の靴先が見えた瞬間、エリシアは相手に向かって両腕を伸ばした。

「来ない――で……？」

強く叫んだエリシアだったが、その語尾が急速に弱まる。一方、ナイフを突きつけられた人物はひどく驚いた顔つきで言い返した。

「エリシア！　ここにいたんだな」

「どうして……ギルフォードおじ様がここに？」

そこに現れたのは現騎士団長であり、父の友人でもあるギルフォードだった。

予期せぬ人物の出現にエリシアが呆然《ぼうぜん》としていると、彼はほっとしたように微笑む。

「お前を捜していたんだ。娼館で誘拐されたと聞いて」

「私を……？」

「ああ。無事で良かった。さあ、こっちにおいで」

馴染みのある大きな手を差し伸べ、ギルフォードがにっこりと笑う。

どうやら騎士団が捜索にあたってくれたらしい――と安堵《あんど》したエリシアはナイフを下ろし、すぐに彼のもとに行こうとした。

だが――。

（……？）

ふと疑問を覚え、エリシアはぴたりと足を止めた。彼我の距離を保ったまま、ギルフォードに問いかける。

「あの……おじ様はどうしてここが分かったのですか？」

「犯人の男に心当たりがあってな。そいつの隠れ家を当たっていたんだ」

「他の団員の方は？　まさかお一人で？」

「手分けして捜索したからな。今は別の場所を捜している最中だろう」

「……外には犯人の仲間たちがたくさんいたはずです。それなのにどうして、気づかれることなくここまで来られたのですか？」

「…………」

一つ口にすると、次から次へと疑念が連鎖する。エリシアは下ろしていたナイフを再びぎこちなく構えると、ギルフォードに突きつけた。

「おじ様、答えてください！」

「…………」

するとギルフォードの顔から、優しい笑みがすっと消えた。オレンジ色の瞳を眇《すが》めると、顎に片手を添え「ははっ」と嗤笑《ししょう》する。

「どうやら馬鹿な父親とは違って、多少は考える力がありそうだ」

「おじ様……？」

目の前にいるのは、間違いなくギルフォードその人。

しかしあの優しくて頼りがいのあった彼とは到底思えず、エリシアは信じられないとばかりに小さく首を振る。そんなエリシアを前に、ギルフォードはにやりと口元を歪《ゆが》めた。

「グルだったんだよ、俺たちは」

「……？」

「お前の父親の情報をあの詐欺師に流す。すると詐欺師はそれをもとに上手い話を持ちかけ、財産を奪うという寸法さ。ついでに両親を牢《ろう》にぶち込んで、行き場を失ったお前を手に入れる――という筋書きだったんだが……まさか娼館なんぞに逃げ込んでいたとはな」

「私を、手に入れる……？」

言われている意味が分からず、エリシアは震える声で問いかえす。ギルフォードは下卑《げび》た笑みを浮かべたあと、エリシアの全身を舐《な》めるように眺めた。

「ああそうだ。黒曜石のような髪に愛らしい美貌、そして男を魅了する抜群の体つき――俺の予想通り、実に素晴らしい成長を遂げてくれた」

「……っ！」

「心配しなくても悪いようにはしない。ここは俺の隠れ家だ。その時その時で気に入った女を囲って可愛がっている。まあ――飽きたあとは知らんがな」

それを聞いたエリシアは、恐怖と絶望で目の前が真っ暗になった。ギルフォードはふっ、と鼻を鳴らしたあと、悠然とした様子でこちらに近づいてくる。

「さあエリシア、俺のものに――」

「こ、来ないでっ！」

たまらずエリシアは、体の前に構えていたナイフを振り抜いた。だがギルフォードはそれをあっさりと躱《かわ》すと、そのままエリシアの手首に手刀を落とす。激痛が走り、エリシアはナイフを床に取り落としてしまった。

唯一の武器を失ってしまい、仕方なくその場から逃げ出す。

「……っ！」

「逃げても無駄だ。今頃騎士団の奴らは、お前を捕えた詐欺師のアジトに向かっているだろう。この邸《やしき》とはまったく反対方向にある――な」

暗がりのなか、エリシアは狭い棚の間を懸命にかいくぐる。一方ギルフォードは焦ったそぶり一つ見せず、ウサギを追いつめる猟犬のようにゆっくりと歩み出した。

「しかし奴にお前を捜させたせいで、思わぬ騒ぎになってしまった。ほとぼりが冷めるまでしばらく静かにしておいた方がいいな」

「……！　……!!」

「いったん隣国にでも連れ出すか。そうとなれば早く足を手配して――」

そこらにあったものを手当たり次第に投げてみたが、まったく足止めにならない。そうこうしているうちにギルフォードが手を伸ばし、エリシアの髪をむんずと摑んだ。

「きゃあっ!!」

「あまり暴れない方がいい。その綺麗な肌に傷をつけたくは――」

しかしその瞬間、ギルフォードが勢いよく振り返った。エリシアの髪を手放すと、腰に佩《は》いていた長剣をすばやく抜き構える。

「――っ!!」

ギャイン、と小さく火花が散り、暗闇の中で二本の剣がぶつかった。

体勢を崩したギルフォードが棚を巻き込むようにして倒れ込み、床の埃《ほこり》がいっせいに舞い上がる。

エリシアが視界を奪われていると、突然誰かから腕を引かれた。

「やっ……!!」

慌てて抵抗しようとする。

しかしその正体を目にした途端、エリシアは思わず目を見張った。

「――良かった。無事だったか」

「どうして……」

そこに現れたのはアレクシスだった。

彼は混乱するエリシアを立ち上がらせ、なんとか外に逃がそうとする。だがすぐさま起き上がってきたギルフォードが、二人めがけて勢いよく剣を振り抜いた。

「くっ……!」

アレクシスが剣身で受け止め、再び耳障りな音が響く。自身の体の前で剣を構えたまま、ギルフォードが冷静に口にした。

「よくここが分かったな、アレクシス」

「犯行現場に珍しい宝石が落ちていた。どこかで同じものを見た気がして、ずっと考えていたんだが……あなたが嵌《は》めていた指輪だと思い出したんだ」

(指輪……?)

アレクシスの言葉を受け、エリシアはギルフォードの方を見る。すると彼の指に、赤と紫が混じり合った宝石――『ヴィル・ガーネット』が輝いていた。

「なんだか嫌な予感がして、シルヴィアたちに調べてもらった。そうしたらあなたが時折、この邸に出入りしていたという証言があって――」

「……あの馬鹿、商品に手をつけやがって」

ギルフォードが呆《あき》れたように額に手を当てる。そのままぐいっと前髪を搔《か》き上げた。

「しかしなるほど、それでここを特定したというわけか。だが――」

刹那《せつな》、アレクシスに向かってギルフォードがまたも剣を振り下ろす。

こちらも同様に受け止めたものの、先ほどより遥《はる》かに大きな剣戟《けんげき》音が倉庫内に鳴り響いた。

「――っ！」

「一人で先に来たのは悪手だったな。まあ、団員が揃うのを待っているうちに、エリシアが遠くに連れ出されるのを恐れたんだろうが」

繰り出される一振り一振りが驚くほど重く、アレクシスは徐々に後退させられる。懸命に応戦するアレクシスを見て、ギルフォードがにやりと笑った。

「それにしても、血は争えんな」

「っ……？」

「なんだ、父親から聞いていないのか？　まあ恥ずかしくて言えるはずがないか」

「いったい何の話だ！」

眉根を寄せるアレクシスに向かって、ギルフォードが告げた。

「お前の母親――ローザは元娼婦だ」

「……っ!?」

（ローザ、って……）

その名前を聞いたエリシアは、先ほどの資料とシルヴィアの話を思い出した。突然のことに動揺したのか、アレクシスの力が一瞬弱まる。するとその隙をついて、ギルフォードが強烈な一撃を繰り出した。

「父親はなんとかごまかそうとしたらしいが……しょせんは小手先のやり方だな。すぐに薄汚い下町の出身だと分かったよ」

「なぜ、お前がそんなことを……」

「なぜって？　娼婦を娶《めと》るような者は我々騎士団にはふさわしくない、と周りに教えておかねばならなかったからな！」

「……っ！」

二撃、三撃とギルフォードが攻め立てる。

対するアレクシスは、体の前に剣を構えたまま防戦一方だ。

「お前が……噂《うわさ》を流したのか」

「噂ではない、事実だ。おかげで無事、異分子を追い出すことに成功した！」

怒声にも近い大声とともに、ギルフォードがとどめの剣戟を繰り出す。アレクシスがすんでのところで受け止めたのを見て、ははっと冷笑した。

「どうした、そんなにショックだったのか？　自分に娼婦の血が流れていることが──」

「…………」

しかしその瞬間、アレクシスが剣身を押し返した。ギルフォードは慌てて剣を握り直したが、突然の反撃にわずかに体が傾《かし》ぐ。

「っ……！」

「はあっ!!」

アレクシスはなおも畳みかけるように追撃し、一気に二人の形勢が逆転した。ギルフォードに向かって剣を叩きつけながら、はっきりと口にする。

「そんなこと、とっくに知っていた」

「なっ……！」

「それで俺の動揺を誘ったつもりか？」

アレクシスの声は冷静だったが、その瞳はただならぬ憤怒を秘めていた。勢いよく振り下ろされたアレクシスの剣を、ギルフォードが必死に受け止める。しかしバランスを崩してしまい、その姿勢がいっそう崩れた。

さらに一歩踏み込み、アレクシスは言葉とともに剣身を突きつける。

「だがその噂が広まったことによって、父は騎士団での立身を諦めざるを得なかった」

「っ……！」

「降格され、辺境での警備に回され──一方であなたは騎士団長に就任した」

ガキン、と強烈な破砕音が倉庫に響き渡る。それと同時にギルフォードの剣が床に転がり落ちた。どうやら指輪をしていたことで、握る力が弱くなっていたようだ。

「……くっ!?」

「騎士ともあろうものが、そんなものを着けているからだ」

アレクシスはそう言い捨てると、ギルフォードの喉元に切っ先を突きつけた。

「勝負あったな」

「…………」

「婦女誘拐、暴行未遂の容疑で——」

だがギルフォードはにやりと笑うと、アレクシスに問いかけた。

「いったい何の話だ？」

「何？」

「誘拐をしたのは、どこぞの詐欺師だろう？　俺は娘のように可愛がっていたエリシアを、自分の邸で保護しただけだ」

「そんなもの、詐欺師を捕えればすべて——」

「奴は吐かんよ。そう躾《しつ》けてある」

「……？」

ギルフォードの余裕ある口ぶりに、アレクシスは不快そうに眉根を寄せた。

「彼女が証言すれば終わりだ。この状況で逃げられるとでも？」

「お前の方こそ分かっていない。俺がなぜ、地位と権力を求めたか……こういうことがあった時、いかようにしても正義の側となるためだ」

(まさか、この期に及んで逃げる気……!?)

そんなこと、と否定しかけたエリシアだったが、役人たちの強引な押収になんの抵抗も出来なかった両親のことを思い出す。ギルフォードが権力の中枢にいるというのであれば——この程度の悪事、もみ消してしまうことも可能なのだろう。

アレクシスも同じ結論に行きついたのか、下唇を噛みしめる。それを見たギルフォードが、にやっと勝ち誇ったような笑みを浮かべた。

「ようやく理解したようだな」

「……っ!」

「それとも、事実を流布してお前の父親を失脚させた罪にでも問うか？　そんなことをすれば、何も知らないお前の部下たちは幻滅するだろうがな」

やがてギルフォードの背後にあった扉がガタン、と開いた。

隙間からまばゆい陽光が差し込み、いくつもの人影が倉庫の中に伸びてくる。ようやく援軍が来たか、とギルフォードはゆっくりと振り返った。

「遅かったな。今すぐ彼らを——」

しかしその顔を見た途端、ギルフォードは大きく目を見張った。

逆光を受けたその人物が静かな口調で告げる。

「――残念だったな、ギルフォード」

「貴様、なぜここに……」

そこに現れたのはアレクシスの父親だった。

彼はアレクシスの部下を連れたまま、ギルフォードに向かって宣言する。

「共犯の詐欺師はすでに捕らえた。お前の身柄を拘束する」

「そんな奴は知らん、俺とは何の関係も――」

「――デイヴィット・グレンヴィル」

「……？」

「トーマス・レイリー、アルフォンス・ラムザ、エドガー・ランティス」

次々と読み上げられる名前を聞き、ギルフォードが少しずつ青ざめていく。やがてひとしきり言い終えたところで、アレクシスの父親が言い添えた。

「すべて、お前の息がかかった詐欺師に騙されたという貴族たちだ。以前からお前と深く親交があったことを確認している」

「そんな奴ら、俺は知らん！　だいたいそんな些末《さまつ》な――」

「たしかに、一つ一つはもみ消されてしまうような小さな事件かもしれん。だがこれだけの数がいっせいに声を上げれば、さすがに裁判所も無視することは出来まい。それらを裏で指示した人物がいる――という疑いもあればな」

「くっ……」

一気に立場が悪くなり、ギルフォードが歯噛みする。それを見たアレクシスの父は、ようやくと言わんばかりに微笑んだ。

「感謝するよ、ギルフォード。お前が閑職に飛ばしてくれたおかげで、地方で起きた事件を調べ歩く時間がとれたからな」

「貴様……っ」

「捕らえろ！」

その命令を皮切りに、アレクシスの部下たちが押し入ってくる。それを見たギルフォードは足元に転がっていた自身の剣をすぐさま拾いあげた。そのままアレクシスに突進すると、エリシアを捕らえて自身の盾にする。

「きゃあっ！」

「全員動くな！　この女がどうなってもいいのか!!」

いよいよ追い詰められたギルフォードの凶行に、その場の空気がざわりとさざめく。

だが直後、ガキン、とけたたましい金属音が鳴り響いた。

「なっ……!?」

見ればギルフォードの握っていた剣は、柄から先が綺麗に無くなっていた。カランカラン、と悲しい音を立てて、折れた剣身が床に転がり落ちる。愕然《がくぜん》とするギルフォードを、剣を握ったアレクシスが冷たく睨みつけた。

「地位と権力を求めすぎて、己の剣を磨くことすら忘れたか」

「っ……」

「……残念です、団長」

武器を折られ、戦意を喪失したギルフォードはついにその場にへたり込んだ。

そんな騎士団長の姿を、アレクシスはどこか寂しそうに見つめる。

濃い青色の瞳が、扉から漏れ入る光を受けて美しく輝いており——その横顔はまさしく『氷の騎士』そのものであった。

◆　◆　◆

ギルフォードが連行されたあと、アレクシスの父がエリシアの前に進み出た。そのままこちらが恐縮するほど深々と頭を下げる。

「先日は大変失礼いたしました。すべての暴言を撤回いたします。しかるべき謝罪の書面と、名誉毀損による慰謝料の支払いをご用意しておりますので」

「え、ええと……」

「デイヴィット・グレンヴィル殿のご息女、エリシア・グレンヴィル殿ですよね？」

「……！」

いきなり正体を言い当てられ、エリシアは思わず目をしばたたかせる。するとアレクシスの父は険しかった顔つきを少しだけ崩した。

「アレクシスからお名前を聞いて、失礼ですがすぐに調べさせていただきました。そこであなたがグレンヴィル家の――ギルフォードの被害者であることを知ったのです」

すぐにでも救済すべき立場だと分かってはいたが、いかんせんその時点ではまだ証拠が出揃っていなかった。だがあのままアレクシスの邸にいれば、いずれ騎士団の中で噂になり、ギルフォードに見つかってしまうかもしれない。

となれば今回の復讐に、予期せぬ形で巻き込んでしまう可能性も――。

「それで、家から出て行くように仕向けた、と……？」

「はい。本来であればきちんと事情をご説明するべきだったのですが、使用人の中に内通者がいないとも限りません。変にこちらの動向を探られるよりは、わたしが追い出したていであなたを家から脱出させ、行方を分からなくさせた方がいいと判断しました」

激昂《げきこう》する父親を演じ、エリシアをいったん邸から退避させた。使用人たちにも「家の恥だ」ときつく緘口《かんこう》令を敷き、外部への情報流出を防いだという。

「もちろん、ギルフォードの件が落ち着くまでエリシア殿とその弟御につきましては、わたしの方で手厚く保護させていただくつもりでした。ですがその……それよりも先に『フォルトゥーナ』にお戻りになってしまったので、どうにも手が出せず……」

「手が出せない、とは」

「その、少々事情がありまして……わたしはあの建物に出入りすることを許されていないのです。正確には、そこの女主人であるシルヴィアに、蛇蝎《だかつ》のごとく嫌われておりまして」

「シルヴィアさんから……」

そこでエリシアはふと、以前シルヴィアが話してくれた『本当の恋をした娼婦』の話を思い出した。あれはもしや、アレクシスの両親のことだったのではないだろうか。

「ですがまあ、あそこは逆にギルフォードの手が及びづらい場所でもあります。騎士団長が歓楽街を出歩いていたなどと噂になってはたまりませんからな。ですのであなたのことはシルヴィアに任せ、奴を訴える準備を進めていたのですが——まさか、手下を使ってまであなたのことを捜し出そうとするとは」

「手下……あの、トカゲみたいなやけどがある男性ですよね」

「はい。色々と外見を変えながら、ギルフォードと手を組んで詐欺を働いていたようです。そちらもアレクシスがシルヴィアの力を借りて、隠れ家を突き止めております。ご安心を」

「良かった……」

犯人だと思っていた相手が実はただの末端に過ぎず、諸悪の根源であるギルフォードの家に自ら転がり込んでいた——という事実に気づき、エリシアはあらためてぞくりと背筋を凍らせる。そんなエリシアを前に、アレクシスの父はどこかほっとしたように続けた。

「しかし本当に良かった。もしやけどの男を追うのに時間を費やし、ギルフォードの企《たくら》みに気づかなかった場合、あなたの救出がもっと遅れていたでしょうからな」

「それは——」

「よく、こちらに来る判断をしたな。アレクシス」

「………」

名前を呼ばれ、いつの間にかすぐ傍に来ていたアレクシスが苛立《いらだ》った様子で口を開いた。

「俺がたまたま指輪の違和感に気づいたから良かったものの……。これで万一、エリシアが傷つきでもしたらどうするつもりだったんだ」

「その点については心から謝罪する。見張りの報告によると、エリシア殿は娼館からほとんど外に出ていないと聞いていたから、そう簡単には見つからないと思っていたんだが……。まさかこんなに早く居場所を特定されるとは」

「そもそも、エリシアを追い出す前に全部説明してくれたら良かっただろ」

「それも考えたんだがな。あの時点ではまだ証拠が不十分だったんだ。それにお前は、知れば真正面からギルフォードに突っかかっていくだろう？」

「……馬鹿にしてるのか」

「違う違う。……守りたかったんだよ、お前のことを。わたし一人でしたことであればいいが、下手に関わらせて、お前の将来を潰すことだけはしたくなかった」

「………」

今なお不満げなアレクシスをよそに、やがて父親がぽつりとつぶやいた。

「そういえば……知っていたんだな。母さんのこと」

「……ああ」

「誰かに言われたか？」

「それもあるし……いくら隠していても分かるだろ、なんとなく。大人が話している感じとか、母さんを見る周りの目とか」

「……そうか。そうだよな……」

ずっと隠し通せていたと思っていたことが、とっくの昔にバレていた。それを悟った父親は、どこか言い出しづらそうに口を開く。

「その……お前には色々と、つらい思いをさせたと思っている。今まで本当にすまなかった。だがわたしは彼女のことを心から愛していて、しかしそのせいで――」

「どうして謝るんだ？」

「……アレクシス？」

言いかけた父親の言葉を、アレクシスが制した。

「父上が謝ることなんて、何もない」

「でもお前は、そのせいでわたしのことを嫌って……」

困惑した様子で見つめてくる父親に対し、アレクシスは静かに首を振る。

「あれは……ただ守ってほしかっただけだ。母さんを」

「守って……」

「生まれなんて、家柄なんて、身分なんて関係ない。自分が愛した女性だと、もっとみんなに言ってほしかった。そうすれば母さんはあんな……周りの言葉なんかに、たくさん傷つくこともなかったのに……」

「アレクシス……」

父親はわずかに唇を噛みしめたあと、うつむきながら答えた。

「すまない。……すまな、かった」

「……うん」

「そうだな……言えばよかった。本当に……ダメだな、俺は……」

震えながら絞り出された父親の言葉に、アレクシスは何も答えなかった。

代わりにその背中をゆっくりと撫《な》でてやる。

そんな二人の姿を、エリシアはただ静かに見つめるのだった。

第七章　今度こそ、君にプロポーズを

色とりどりに咲き乱れる花々。

この季節だけの甘い香りを、春風がふんわりとグレンヴィル邸に運んでくる。

「いいお天気……」

ぽかぽかとした日差しを浴びながら、自室のバルコニーにいたエリシアは目を細める。

すると街道沿いに出ていたミゲルが、息を切らせながら戻ってきた。そのまま二階にいるエリシアに向かって叫ぶ。

「お姉様、来たみたいだよ！」

「！」

エリシアは着ていたドレスを確認すると、鏡台の前で髪を整え、慌ただしく一階へと下りた。玄関で馬車の停《と》まる音がし、待ちきれなくなったエリシアはすぐさま扉を開ける。訪れた人物と目が合った瞬間、エリシアは彼の名前を呼んだ。

「アレクシス様！」

「――エリシア、会いたかった」

両腕を広げたアレクシスのもとに駆け寄り、そのまま胸に飛び込む。

久々の再会に、彼もまた満面の笑みを浮かべるのだった。

◆　◆　◆

エリシアの誘拐を指示、監禁した容疑でギルフォードは拘束された。

またそれからすぐ、アレクシスの父が発起人となり、今まで起きた詐欺事件の集団訴訟を起こしたそうだ。

どうやらギルフォードは地方に住む貴族たちに目をつけ、保有している財産の種類や悩みごとなどを詐欺師に提供。詐欺師はその情報を元に詐欺をしかけ、その報酬の一部を上納する——という仕組みを構築していたらしい。

その数は相当なものだったが、巧妙なやり口とギルフォードの権力によって事件の真相はことごとく闇に葬られており、泣き寝入りした被害者も多かったという。

だが団結して声を上げることでそれぞれの持つ証拠が有用性を増し、さらに裁判所としても無視できない規模の訴えとなった。これにより再度調査が入ることとなり、詐欺師とギルフォードの関係も間違いなく指摘されるだろう、とのことだ。

「お父様は、このことをずっと調べておられたんですね」

「田舎の閑職に回されてから、ほとんど実家に帰って来ないと思っていたが……。まさか一人でこんな計画を立てていたとは」

やや呆《あき》れ気味にアレクシスが額に手を当てる。いわく、父親とギルフォードには元々深い確執があったらしい。

「父は昔、ギルフォードと次期騎士団長の座を争っていた。母の出生について流布したのも、父を候補の座から追い落とすことがいちばんの目的だったらしい」

「そんな……」

「くだらないよな。……でも、それがまかり通ってしまうのが貴族社会というものだ」

アレクシスの父もその点は危惧していたらしく、娼婦であるローザを身請けしたあと、すぐに知り合いの子どもがいない貴族の養子に迎え入れてもらったらしい。そうやって身元をごまかしていたのだが、ギルフォードによって素性が暴かれ、それを上層部に密告されてしまった。

結果、団長の座は満場一致でギルフォードのものとなり――周囲からの目に耐え切れなくなった父親は、地方での勤務を余儀なくされたという。

「父としても苦肉の策だったんだろう。でも俺は……そんなことよりも、ちゃんと母を守ってほしかった。生まれや家柄なんて関係ない。だって俺にとってはいつも優しい、大切な母親だったから……」

「アレクシス様……」

その言葉を聞き、エリシアは彼とはじめて出会った時のことをあらためて思い出した。

アレクシスは娼婦であるエリシアにも、いつも親切に接してくれた。それはきっと、彼の母親が同じ職業であり——それでいて貴族らとなんの違いもないことを、身をもって知っていたからだろう。

（貴族としてでも、娼婦としてでもない。私自身を見ていた——）

そのうえで、自分を好きだと言ってくれた。

胸の奥がほわっと暖かくなり、エリシアはつい喜びの笑みを零《こぼ》してしまうのだった。

◆◆◆

再びグレンヴィル邸、応接室。

ソファに腰かけたアレクシスは、エリシアが淹《い》れた紅茶を口にした。

「あれから、何か困ったことはないか？」

「はい。父と母も無事釈放されましたし、邸《やしき》も家財もすべて元通りにしていただけて……。本当にアレクシス様とお父様のおかげです」

「そうか、良かった」

微笑《ほほえ》むアレクシスを前に、エリシアも嬉《うれ》しそうに口元をほころばせた。

「アレクシス様も、お父様とお話出来て良かったですね」

「ああ。まだ完全に許せたわけじゃないが、父も色々と苦しんできたのだと知ることが出来た。……本当なら、もっと早くこうするべきだったんだろうな」

長い睫毛《まつげ》を伏せたまま、アレクシスが穏やかに口にする。やがてカチャン、と茶器をテーブルに置いた。

「そういえば、今日訪れた件なんだが――」

「たしか手紙では、私の両親に話があるとおっしゃってましたよね？」

「あ、ああ……」

どこかそわそわしているアレクシスをよそに、エリシアはソファから立ち上がった。

「すぐに呼んできますね。ここでお待ちに――」

だが今にも立ち去ろうとしたエリシアの手を、アレクシスがすばやく摑《つか》んだ。

「ア、アレクシス様？」

「すまない、その……ご両親の前に、まず君に言わなければならなくて」

「私に？」

いったい何のことだろう。誘拐事件の証言が足りなかったのか、はたまたギルフォードに関することか――とエリシアは思わず身構える。

するとアレクシスは、エリシアの手を取ったまま絨毯《じゅうたん》に片膝をついた。まるで女王に忠誠を誓う騎士のように、青い瞳でまっすぐにこちらを見上げる。

「エリシア、俺と結婚してもらえないだろうか」

「……っ！」

「伝えるのが遅くなって本当にすまない。でも俺の気持ちは、あの時からまったく変わっていないから――」

突然のプロポーズに、エリシアは最初ぽかんと目を見開いていた。しかし次の瞬間、ぽろっと涙を零れさせる。

「エ、エリシア!?」

「すみません、あの……」

「もしかして迷惑だったか？　す、すまない、であれば、その――」

わたわたと狼狽《ろうばい》するアレクシスを前に、エリシアはふるふると横に首を振った。なんとか止めようと目を瞑《つぶ》るも溢《あふ》れてしまい、大粒の涙が頬をいくつも転がり落ちる。

「違います、その、嬉しくて……」

「エリシア……？」

「もう二度と、あなたの傍《そば》にいられなくなると思っていたから……」

「………」

彼の邸を追い出され、娼館に出戻るしかなかったあの冬の夜。

追いかけてくれた彼を、拒絶してしまったあの扉越し。

アレクシスとの未来は完全に潰《つい》えてしまったのだと、エリシアは覚悟していた。

だが今こうして――目の前に彼がいる。

「本当に、ありがとうございます。あの、私……」

必死に答えようとしたが、動揺して声が震えてしまう。するとアレクシスが立ち上がり、エリシアの体を優しく抱き寄せた。

「それを言うなら、俺の方が不安だった」

「……？」

「最初は、大勢いる客の一人にしか見られていないのではないかと。気持ちが通じてからも、俺だけが焦っているような気がして、なかなか言い出すことが出来なかった」

「アレクシス様……」

短い沈黙が落ち、アレクシスは両腕にぐっと力を込めた。

「あらためて言う。俺は君が好きだ、エリシア。どうか……結婚してほしい」

いつも完璧に見える『氷の騎士』アレクシス。

でも今、すぐ耳元で聞こえる声はどこか不安そうで——。

エリシアは両腕を伸ばすと、自身の思いを伝えるかのごとく精いっぱい抱き返した。

「私も……好きです。結婚してください」

「……ありがとう」

アレクシスの声が、ようやくほっとしたものに変わる。それを聞いたエリシアは、再び安堵《あんど》と喜びの涙を流すのだった。

◆　◆　◆

それから一年後。

爽やかな秋の日、新しく建て替えられた教会で結婚式が行われていた。

「——いと尊き聖女、クローディアよ」

祭壇に立つ司祭が、手にした正典を朗々と読み上げる。

その背後には聖女クローディアを描いたステンドグラスが飾られており、身廊《しんろう》の中央には新品の真っ赤な絨毯が敷かれたバージンロードがあった。左右には参列者のための席があり、一方にアレクシスの父親、もう一方にエリシアの両親の姿が見える。

「——神の御使いであるそなたに、新しい愛の誓いを今捧げん」

司祭の前に立つのは今日の主役である二人。

黒い髪を結い上げ、小ぶりのティアラでベールを留めたエリシアは、純白のウエディングドレスを身にまとっていた。首にはたくさんの宝石を縫い留めた豪華なチョーカーが巻かれており、ゲストの女性たちがうっとりと見つめている。

かたや隣に立つアレクシスは騎士団で最上級とされる黒の礼装姿で、胸元には自身の瞳と同じ青色の花を挿していた。端整な美貌と銀の髪もあいまって、そこかしこから『まさに氷の騎士様ね』という囁《ささや》きが聞こえてくる。

そんな二人に向けて、司祭が誓いの文言を投げかけた。

「——聖女クローディアの名のもとに、変わらぬ愛を誓いますか？」

「誓います」

はっきりとしたアレクシスの返事のあと、二人はちらりと目を合わせた。エリシアもまた、はにかみながら嬉しそうに答える。

「はい、誓います」

「よろしい。さすれば新郎は新婦に、証《あかし》となる指輪を授けたまえ」

歩いてきたバージンロードの方を二人はゆっくりと振り返る。教会の入り口には正装に蝶《ちょう》ネクタイという出で立ちのミゲルが立っており、緊張した様子で近づいてきた。その手には指輪を載せたリングピローがあり、二人の前に立つとおずおずと差し出す。

「はい。お姉様、お兄様」

「ありがとう、ミゲル」

エリシアはお礼を言いながらミゲルの頭を撫《な》でる。そこでふと、置かれた指輪に見覚えがあることに気づいた。年代を感じるデザインに青い宝石の――。

「アレクシス様、これって……」

「ああ。母の形見であり――結婚を決めた相手に贈る指輪だ」

「そうだったんですね……」

彼と出会ったばかりの日、『真珠の間』で捜し回った指輪。あの時は『恋人に贈るもの』だと思い込み、自分が手にすることは絶対にないと思っていた。そんな思い出の指輪が、今まさにエリシアの薬指に嵌められる。

「本当は君が俺の家に来た日、すぐにでも渡したかった」

「そんなに早くですか？」

「言っただろう？　君との将来を本気で考えていると。……こうして渡すことが出来て、本当に良かった」

エリシアの白い指を、アレクシスの瞳と同じ色の宝石がキラキラと彩る。指輪の授与が終わったのを確認すると、司祭が再び口を開いた。

「今日の誓いを永遠のものとするため、口づけを――」

二人は向かい合い、照れたように一度笑い合った。

やがてアレクシスが一歩歩み寄ると、エリシアの顔を隠していたベールを持ち上げる。そのまま顔を傾け、優しく唇を重ね合わせた。

参列席から拍手が巻き起こり、司祭が穏やかに告げる。

「――聖女クローディアよ。今、この両名は正式なる夫婦の誓いをせり。いかなる悪意もこれを引き離す事を許されぬ。新しき未来を築く二人に、聖女の祝福を授けたまえ――」

◆　◆　◆

結婚式を終えた二人は、夜になってようやく邸へと戻ってきた。

アレクシスの部屋へと入ると、エリシアは中央のソファにへなへなと座り込む。ベールは外しているが、衣装は純白のウエディングドレスのままだ。

「さすがにちょっと、疲れました……」

「朝からずっと支度していたからな。少し休んでくれ」

メイドが用意していた茶器を使い、アレクシスが紅茶を淹れてくれる。テーブルに置かれたカップを手に取ると、エリシアはほっとした様子で口に運んだ。

「すごくいい香りのお茶ですね」

「同僚のレナードから貰《もら》ったんだ。なんでも、結婚した日の夜に飲む特別な茶葉らしい」

「まあ、そんなものが」

ほんのりと甘いそのお茶を、エリシアはゆっくりと飲み干す。隣に腰かけたアレクシスも同じお茶を一口含み、静かに口を開いた。

「しかし……やっと夫婦になれたんだな」

「は、はい」

「いまだに信じられない。これからずっと、君と暮らしていけるなんて……」

アレクシスの熱い視線を感じ、エリシアは茶器を置いて彼を見つめる。彼もまたカップをテーブルに戻すと、そっとエリシアの頬に手を伸ばした。

「遅くなってしまったが……今度こそ、一生君を守らせてほしい」

「アレクシス様……」

「エリシア、愛している——」

心地よい囁きとともに、形のよい唇がエリシアのもとに下りてくる。茶葉のまろやかな香りが鼻先を撫で、エリシアは万感の思いで彼を受け止めた。昼間の挙式ではそこで終わりだったが――他に誰もいない今、二人はより深い口づけに発展させる。

「んっ……」

彼の舌がエリシアの唇をなぞり、わずかに開いた隙間から潜り込んでくる。自分のものよりはるかに大きなそれがエリシアの歯列をたどり、小さな舌を追いかけてきた。『氷の騎士』の情熱的なキスに、エリシアは必死になって呼吸を繰り返す。

「っ……ふっ……」

「エリシア……」

顔の角度をいくどとなく変えながら、アレクシスはより深いところまでエリシアを求める。

咥内《こうない》をあますところなく貪《むさぼ》り、柔らかい頬の内側を舌先が丁寧に愛撫《あいぶ》していた。ほんのわずかな隙間さえ許されない、密着した呑《の》み込まれそうなキス。そのあまりの気持ちよさに、エリシアはぽうっと意識を飛ばしかけた。

（すごい……とろけてしまいそう……）

くちゅ、と混ざり合った唾液が音を立て、二人はようやく顔を離す。

だがアレクシスはまたすぐに口づけると、そのままエリシアの体を横向きに抱き上げた。

「アレクシス……んっ」

様、と続ける間もなく口を塞がれ、あっという間にベッドへと運ばれる。ドレスの紐《ひも》を解《ほど》かれている途中、恥ずかしくなったエリシアが照れ隠しに切り出した。

「あ、あの、ベッド、新しくしたんですね」

「うん？」

エリシアの指摘どおり、アレクシスの寝台は以前より遥《はる》かに大きくなっていた。

頭上にある天蓋からは、うっすらと向こうが透ける黒い布が下がっており、まるで娼館にあるような豪華さだ。

「ああ。君と寝るには手狭だったからな」

「そ、そうですか……」

その意味をはっきりと理解してしまい、エリシアはそれ以上の口を閉ざす。アレクシスはそんなエリシアを見て微笑むと、ドレスの下に着けていたコルセットを外した。苦しかった締めつけが一気に無くなり、白い上下の下着だけになる。

ついに結い上げていた髪もほどかれ、エリシアの美しい黒髪がシーツの上に広がった。

「エリシア……」

「アレクシス様、あっ……」

熱っぽく名前を呼ばれ、またも深く口づけられる。そのまま彼の手がエリシアの乳房に伸びてきて――と意外なまでの手際の良さに、エリシアはまたも疑問を口にしていた。

「あの、もしかしてこういうこと、慣れておられたんですか？」

「慣れて、とは？」

「だってその、娼館の時と、全然違うので……」

するとアレクシスは一瞬硬直し、ぎこちなく顔に朱を走らせた。

「あの頃は……君に、金でそういうことをする男だと思われたくなくて、自制していたんだ。俺もその、人並みの知識くらいは、ある……」

「そ、そうですよね……」

答えを聞くといっそう恥ずかしくなり、エリシアはつられて赤面した。アレクシスは場を仕切り直すかのように小さく咳払《せきばら》いすると、まっすぐにエリシアを見下ろす。

「一応、痛くないようにするつもりではいる。だが……つらくなったら教えてくれ」

「は、はい」

エリシアの緊張した返事を聞き、アレクシスは再びゆっくりと顔を近づけてきた。熱を持った舌がエリシアの唇を優しく割り開き、愛を囁くかのように濃厚な口づけを繰り返す。同時に彼の両手が胸の下着へと伸び、レース地の上から乳頭をそっと撫でた。

「んっ……」

びくりと震えたエリシアをよそに、アレクシスは爪先でその部分をいじる。弱い刺激によって、生地の上からでも分かるほど両乳首が硬く立ち上がった。それを見たアレクシスは下着のふちに手をかけ、ぐいっと下へと引き下げる。

「あっ!?」

驚いたエリシアが止める間もなく、窮屈だった下着からたわわな乳房がまろびでた。

人並み以上のふっくらとした丸み。つやつやと輝くきめ細かな白い肌。その頂点を彩るピンクの乳首という煽情《せんじょう》的な光景に、アレクシスは知らずごくりと喉仏を押し下げる。そのまま顔を下ろすと、そそり立つ一方の乳首を口に含んだ。

「あっ、アレクシス様っ……！」

強く吸い上げられ、エリシアの足の間が切なく縮こまる。

アレクシスはちゅう、ちゅぱ、と音を立てながらそこを愛《め》でたあと、硬く尖《とが》らせた舌先で乳首のくぼみを撫で始めた。くり、くちゅ、と敏感な突起が舐《な》め動かされるのを、エリシアは下唇を嚙《か》みしめて耐え忍ぶ。

するとアレクシスは乳首を咥《くわ》えたまま、もう片方の乳首を指でつまみ始めた。

乳輪部分を円を描くように撫でつつ、親指と人差し指で先っぽを優しくしごく。かと思えば爪先でカリカリと弾《はじ》かれたり、指の腹でくりくりとこねくり回されたりと、すでに立ち上がっていたそこはいっそうぷっくりと熟れてしまった。

「やあっ、あっ、だめっ……」

容赦ない快感の連続に、エリシアは身を捩《よじ》りながら彼の頭を手で制す。だがアレクシスはエリシアに覆いかぶさったまま、夢中になっておっぱいを愛撫していた。

むっちりとした柔らかさを確かめるように、輪郭を指先でそろりとなぞったかと思うと、乳首の硬さを味わうかのように手のひらでゆっくりと表面を往復する。屹立《きつりつ》したそこがこり、こりと何度も当たり、エリシアはたびたび嬌声《きょうせい》を上げそうになってしまった。

「っ……ううんっ……！」

「エリシア……」

じれったい刺激にエリシアが悶絶《もんぜつ》していると、アレクシスが両手を胸の下側に置いた。

いったい今度は何を、と身構えていると、ぐぐっと乳首を中央へと寄せられる。可愛《かわい》らしいピンクの突起がアレクシスの目の前に二つ並び——彼はそれらをまとめて口に含んだ。

「ア、アレクシスさ——あっ!?」

ちゅうう、と同時に吸われ、エリシアはびくくっと両肩をすくめる。片方だけでも感じてしまうのに、両方一緒だといよいよ性感の逃げ場がなく、エリシアは必死になって太ももをこすり合わせた。

一方アレクシスは手で乳房をわしづかみにしつつ、咥内での攻撃を継続する。熱くうごめく舌が不規則に両乳首を舐めあげ、かと思えば母乳を求めるかのようにちゅうちゅうと強く吸い上げられた。その極上の舌技の数々に、エリシアはすでに絶頂しかけていた。

以前、娼館で『授乳プレイ』をした時はここまでではなかったのに——。

(お、おかしくなっちゃう……!)

いつの間にか、エリシアの両足は彼の下半身を挟む込むような体勢になっており、レースで出来たショーツ越しに他とは違う硬度のものがこすれ始める。

(こ、これって……)

視線を向けると、アレクシスのズボンの中央が立派な三角錐《すい》になっていた。

無意識なのだろうか、その部分をしきりにエリシアの股間に押し当てており、エリシアはいよいよよ赤面する。

（ど、どうしたら……）

なんとか逃げられないかと、エリシアはもじもじと体を動かしてみた。しかしアレクシスは目の前の胸に没頭しているのか、どうやっても離れる気配がない。それどころかたわわな双丘に顔をうずめたまま、幸せそうに目を閉じていた。

それを見たエリシアは、ぼんやりと先輩娼婦たちの言葉を思い出す。

（胸が好きだというのは……こういうことなのですね……）

その後もアレクシスは胸全体を丹念に舐めたり、手のひらからはみ出る乳房の柔らかさを味わったり、すっかり敏感になった乳首を舌で執拗《しつよう》にねぶったりと、これまでのたがが外れたかのようにエリシアのおっぱいを愛で続けた。

そうして五分が経《た》ち、十五分が過ぎ——三十分を越えたあたりで、限界を感じたエリシアがアレクシスに向かって口を開く。

「アレクシス様、あの、そろそろ……」

「！」

エリシアの懇願を聞き、アレクシスが慌てて顔を上げた。

ようやく解放されたものの、エリシアの乳房や乳首は唾液でてらてらと輝いており、それを見たアレクシスがまた生唾を飲み込む。それに気づいたエリシアは、たまらず両腕で自身の胸を覆い隠した。

「胸ばかり、恥ずかしいです……」

「す、すまない、つい……」

手の甲で自身の口元を拭いながら、アレクシスが慌てて視線をそらす。だがすぐにベッドの下側に移動すると、唯一残されていたエリシアの下着へと手を伸ばした。

「……よく濡れているようだが、痛い時は言ってくれ」

そう言うとアレクシスは、エリシアの秘部を薄い布地越しにゆっくりと撫でた。硬くて太い彼の指を感じ、エリシアはぐっと下唇を噛みしめる。

（いよいよ、アレクシス様と……）

アレクシスはそのまま何度か指を上下させていたが、やがてクロッチの隙間から指を差し入れると、直接エリシアの蜜壺《みつつぼ》に触れた。陰唇をつつ、と指先で慎重になぞりながら、少しずつ内側の肉壁へと移動していく。

「んっ……」

「痛むか？」

「い、いえ……」

彼の言うとおり、濡れているせいか痛みはない。むしろ敏感な部分をじらされるように触られ、自然と腰が揺れてしまった。

ついにアレクシスの指が割れ目を越え、エリシア自身も触ったことがない場所へと入ってくる。くちょ、ぬちっ、と粘性の高い淫靡《いんび》な音が股の間から聞こえ、エリシアは真っ赤になった顔を手で覆い隠した。

（うう、恥ずかしいです……）

ぴったりと閉じた隘路《あいろ》を、アレクシスの長い指がゆっくりと割り開いていく。未知の異物感にエリシアが耐えていると、彼は親指の腹を秘部の上あたりに添えた。そこを強くこすられ、エリシアはびくっと太ももを跳ね上げる。

「あっ……!?」

甘い痺《しび》れがぞくぞくと背筋を走り、エリシアは呆然《ぼうぜん》とした目でアレクシスを見た。彼はどこかほっとしたような表情を浮かべており、同じ部分を再度指で押し潰す。くり、ぐりりっと小さな突起が逃げまどい、エリシアは「あっ、あんっ！」と短く鳴いた。

「アレクシス様、そこっ……！」

「ここを触ると気持ちいいと聞いたんだが……良くなかったか？」

「良くないとかじゃ……あっ、んんっ!!」

下腹部がきゅうきゅうと狭まり、ナカに入っているアレクシスの指を締めつけてしまう。

その感触をしばし確かめていたアレクシスだったが、入れていた指を引き抜くとエリシアの下着を完全に取り去った。

身を隠すものをすべて失ってしまい、エリシアは恥ずかしそうに彼の方を見る。

「あの、アレクシス様……？」

「…………」

するとアレクシスは上体を屈《かが》め、愛撫によってとろとろになったエリシアの秘裂を見下ろした。両手の親指でくぱあっと陰唇を割り開くと、むき出しになったそこをじっと視姦《しかん》する。

次の瞬間、その場所に自身の顔を押し当てた。

「アレクシス様!?　何を――あっ!?　いやあっ!!」

直後、れろ、と覚えのある温かさが秘部の入り口を襲う。たまらず腰をくねらせたものの、アレクシスはそのまま割れ目の隙間に舌をねじ込んでいく。指とはまったく違う質量と熱、そしてとんでもないことを彼にさせているという衝撃で、エリシアはパニックになってしまった。

「だめです、そんなとこっ、あっ！　やあっ、あああっ!?」

必死に彼の頭を引き剥《は》がそうとしたがまったく歯が立たない。その間にもアレクシスの舌は奥に到達し、れろ、れちゅ、と膣《ちつ》の内側を舐《ねぶ》っていた。彼のまっすぐな鼻筋が秘豆にぐりぐりとあたり、そちらからも絶えず快感を与えられる。

「アレクシス様、お願いです、もうっ……あっ、んんっ……！」

軽く握った自身の手を口元にあて、エリシアは懸命に喘《あえ》ぎを噛み殺す。

気づけばアレクシスは口全体でクリトリスと女性器を含んでおり、ちゅっ、ぴちゃという唾液を弾く音が、いつしかじゅる、じゅるると愛液をすする音に変化していた。

（こんなの、無理です……！）

はあっ、はあっと彼の熱っぽい吐息が割れ目に降りかかり、膣口とその壁際を舌であますところなく愛撫される。ようやく舌を抜いてくれたかと思うと、クリトリスに吸いつかれ――結局こちらも胸と同様、気が遠くなるほどの時間をかけてぐちゃぐちゃにほぐされてしまった。

「――どうだ？　エリシア……」

「……！　……!!」

満足げなアレクシスに対し、エリシアはもはや気絶寸前にまで陥っていた。

絶頂したくとも出来ないギリギリの刺激を与え続けられ、全身が快楽の残滓《ざんし》によってひくっ、ひくっと小さく震えている。今足の間を濡らしているものはアレクシスの唾液なのか、はたまた溢れ出た自身の愛液なのかも分からない。

（もう……意識が……）

疲れ果て、ぐったりした状態で足の方にいるアレクシスを見やる。すると彼は着ていたシャツを脱ぎ、穿《は》いていたズボンを下ろしているところだった。黒い下着をずらすと、赤黒く勃起した男性器がぶるんっと現れる。

すでに臨戦態勢のそれを目にし、エリシアは思わずわなないた。

（ま、前より、大きい気がします……！）

やがてアレクシスから両膝を摑まれ、軽く足を曲げさせられる。ぐぐっと腹側へと持ち上げられたかと思うと、それに合わせて彼の下半身が秘部へと押し当てられた。潤んだ蜜壺のひだに、熱を持った先端がくちゅっとぶつかる。

「……そろそろ、いいだろうか？」

「は、はい……」

すまない、という彼の囁きが聞こえたかと思うと、割れ目を巻き込むようにして巨大な亀頭がめり込んできた。ぐっ、ぐっとアレクシスが小刻みに腰を揺らし、少しずつエリシアのナカへと侵入してくる。

「んっ……！　あっ……！」

「っ……きついな……」

十分すぎるほどほぐされたとはいえやはり痛みはあり、エリシアは下唇を噛みしめながら必死に耐えた。アレクシスもまた苦しそうに顔を歪《ゆが》めながら、必死に下半身を肉迫させる。

「エリシアっ……すまない……」

「大丈夫です、んっ……」

誰にも犯されたことのない狭い膣路を、極太の男根がぎち、ぎちちと拡張していく。

これまで経験したことのない圧迫感に息もやっとというエリシアだったが、時間が経つにつれ、痛みよりも押し広げられる気持ちよさを感じ始めていた。

「あっ、アレクシス様、あ、んんっ、やあっ……」

「エリシアっ……」

白い喉を天に晒《さら》しながら、苦しさとアレクシスに貫かれている喜びを同時に味わう。

やがて男性器の侵攻が、ナカのある一点で止まった。アレクシスは汗だくになった顔を上げると、あらためてエリシアに謝罪する。

「すまないっ……！」

「――っ!!」

その瞬間、ずりゅ、と男性器がエリシアの奥へと入ってきた。

ずき、と痛んだそこを意識した途端、エリシアはようやく自身の『破瓜《はか》』を実感する。

(私、やっとアレクシス様と……)

入念すぎる前戯が功を奏したのか、処女を失う痛みはまったくといっていいほど感じなかった。

アレクシスもまたしばらく動かずに様子を見ていたものの、エリシアが大丈夫そうだと判断したのか、再度律動を開始する。

血管が浮き出るほど立派な竿《さお》が、エリシアの内側を一気に満たした。

(すごい、こんなっ……!)

むっちりと包み込んでくるエリシアのナカを、怒張したアレクシスのペニスがやや強引に突き進む。彼は腰をぐっ、ぐっと押し上げるような動きをし、そのたびにエリシアの体はシーツの上で乱暴に揺さぶられた。

やがて互いの距離がゼロになり、アレクシスがようやく顔を上げる。

「全部……入った。エリシア、大丈夫か?」

「な、なんとか……」

「良かった……。……その、続きをしても?」

申し訳なさそうに尋ねられ、エリシアはこくりとうなずく。アレクシスは安堵の表情を浮かべると、エリシアの顔の横にそれぞれ手をついた。

「つらくなったらすぐにやめる。……いくぞ」

奥深くにまで埋まっていたそれが、ずるるっと入ってきた方に戻っていく。その途中、大きく張り出したカリがエリシアの内壁をごりごりっとこすり上げた。下半身全体にびっくりするような快感が広がり、エリシアは思わず「あっ!?」と声を上げてしまう。

「す、すまない！　痛かったか？」

「だ、大丈夫です！　その、ちょっとびっくりしただけで」

「ならいいが……」

エリシアが続きを促すと、アレクシスはやや不安げに隘路から撤退した。だがほっとするのもつかの間、一度は出て行った彼の男根がまたも容赦なくエリシアのナカに入ってくる。

「っ……んっ……！」

「エリシア……っ……！」

二度目は、一度目より性急に貫かれる。我慢汁を垂れ流す亀頭がとちゅ、とエリシアの最奥を叩《たた》き、すぐに引き抜かれた。去り際、すぼまりかけていた膣壁がまたもごりごりっと拡張され、エリシアは目の前をチカチカさせる。

「あっ、ああっ……！」

三度目。アレクシスはこれまでより強く、腰をエリシアの秘部に叩きつけた。どちゅん、という幻聴とともに反り立つ剛直が押し込まれ、エリシアはたまらずのけぞる。

「ひぁんっ！」

「つ……！」

するとアレクシスはそのままエリシアにぐっと体重をかけてきた。

鍛え上げられた厚い胸板に押し潰され、子宮口すれすれまでぐり、ぐりりっと入念に性器を突き入れられる。その体勢で腰を軽く前後に揺さぶると、アレクシスは「はああっ……」と感じ入った声を漏らした。

「エリシア……」

「あっ……ああっ……」

アレクシスは両手をエリシアの腰へとあてがうと、とちゅ、とちゅ、とちゅと連続してナカをノックする。きつい締めつけを味わいながらずるるっと引き抜くも、また息つく暇なく戻ってきて、いくどとなくエリシアの内側を亀頭で攻め続けた。

エリシアはそのたびに、びくん、びくんと体を震わせることしか出来ない。

「だめ、だめっ……あっ、やあんっ……!!」

「つ、ふっ……！」

逃げだそうにも、腰をがっしりホールドされて身動きが取れない。しかたなく上半身だけでも捩ったものの、大きな胸が右に左に揺れ動くだけでアレクシスはいっこうに解放してくれなかった。

その間も続けざまにナカを蹂躙《じゅうりん》されてしまい、エリシアは処女を失ったばかりだというのに、経験豊富な娼婦のようなあられもない声を上げてしまう。

「やっ、あんっ！　ああっ……アレクシス様、もう許し、あっ、あああっ!!」

「もう、少しっ……！」

アレクシスは顔を下ろすと、甘い嬌声を上げるエリシアの口を自身の口で塞いだ。

さらに両手を体の前に持ってくると、先ほどからぶるんぶるんと揺れているエリシアのおっぱいをむんずとわしづかみにする。硬くなった乳首とともに強く揉《も》みしだかれ、エリシアはいよいよ意識を飛ばしかけた。

（キスに胸……同時なんてっ……！）

啌内で求めてくる彼の舌から逃げつつ、こりこりと押しつぶされる乳首の快感に耐え続ける。

するとまたも下で激しい腰の打ちつけが始まってしまい、エリシアはいよいよ自身が高いところに昇りつめていくのを感じた。

（もう、だめぇ……！）

どちゅ、どちゅっ、どちゅっという生々しいピストン音を聞きながら、絶頂を迎えたエリシアはびくくっと両足を震わせた。筋肉の収縮が膣内部にまで伝播《でんぱ》し、ナカにいたアレクシスをぎゅううっと締めつける。

「くっ……！」

アレクシスは眉根を寄せてそれに耐えたあと、ゆっくりと上体を起こした。

初めて迎えたオーガズムで疲労困憊《こんぱい》しているエリシアを見下ろすと、汗で張りついた前髪を掻き上げながら静かに尋ねる。

「エリシア……大丈夫か？」

「は、はい……」

「良かった。これでようやく……本当の夫婦になれたな」

エリシアがぽうっとした顔で惚《ほう》けていると、アレクシスから優しく手を握られた。ちゅ、と優しく甲に口づけられ、それだけで胸がいっぱいになる。

(私、やっとアレクシス様と――)

うっすらと涙を浮かべたエリシアは、少し休憩しようとベッドから起き上がろうとした。しかしそこで、ナカに収まっている彼のモノが全然萎えていないことに気づく。

(……？)

抜いていいのか分からず、エリシアは何度か足を引き寄せる。

だが男根が元通りになる兆しはなく、エリシアは困ったように彼を見上げた。

「あの、アレクシス様、そろそろ……」

「す、すまない、その」

ちゅぽん、と慌てて引き抜いたものの、アレクシスの一物はいまだ完全に上を向いていた。エリシアがぱちぱちと瞬《まばた》いていると、彼は恥ずかしそうに視線を泳がせる。

「ふ、普段はこんなことはないんだが……」

「え、ええと……」

やがてアレクシスは「はっ」と目を見張り、ベッドの傍にあったテーブルに手を伸ばした。

そこにはいくつかの文章を記した便箋《びんせん》があり、それを読んだアレクシスが絶望にも近い顔つきでつぶやく。

「エリシア、すまない……。俺は大変なことをしてしまったようだ……」

「た、大変なこと？」

無言のまま便箋を手渡され、エリシアもすぐさま目を通す。手紙は貴族らしい綺麗な筆跡で『わが友、アレクシスへ』と始まっていた。

「ええと……『ついでに書いとくけど、このお茶を飲むと女性は何回でもイけて、男はちょっとやそっとじゃイかなくなるらしいぞ！　前に早漏を気にしていたから、これで最高の初夜を過ごせるといいな！』……アレクシス様、これって……」

「さっきの……茶葉だ……」

ベッドで座り込む二人の間に、さあっと嫌な沈黙が流れる。どうやら『初夜に飲むお茶』という部分だけに注目してしまい、それ以外の効能を見落としてしまったようだ。

雄々しく天を衝《つ》くそれを横目に、エリシアがもじもじと切り出す。

「アレクシス様、あの……」

「……問題ない。君が満足出来れば、俺は別に――」

「でもここに『でも出さないと、不能になるから気をつけろ』って」

「なんだって!?」

今まで聞いたことのないような大声のあと、アレクシスはエリシアの持っていた便箋を取り返した。ルーペが必要なほど小さく書かれた注意書きを再三読み込んだところで、今度は怒りにも近い表情を浮かべる。

「あいつ……なんてものを……」

「あの、私でしたらまだ平気なので」

「いや、だめだ。俺のことは気にせず――」

便箋を握りしめ、アレクシスはそのままベッドから立ち上がろうとする。そんな彼の腕をエリシアが慌てて摑んだ。

「エリシア？」

「だ、だってその……不能になるって、そういうことですよね？」

「まあ……そうだが」

「私、アレクシス様がそうなるの……嫌です」

エリシアは真っ赤になりながら、懸命に自身の気持ちを伝える。

「それに私も、もう少し……したい、です……」

「エリシア……」

「アレクシス様とするの、気持ちいいですし……」

口にしながら『なんて破廉恥なことを告白しているのかしら』と知らず頰が熱くなる。恥ずかしくなったエリシアはたまらずその場でうつむいた。

「でもあの、ご無理なら――」

「…………」

するとアレクシスは浮かせていた腰を下ろし、腕を掴んでいたエリシアの手をそっと握り返した。再度手の甲に口づけを落とすと、エリシアに向かって問いかける。

「それは……本当に？」

「は、はい……」

「君に相当な負担をかけてしまうかもしれない。それでも――」

(アレクシス様……)

いまだ迷いがあるアレクシスを見つめ、エリシアは照れたように微笑んだ。

「アレクシス様がくださる痛みなら、平気です」

「エリシア……」

「お願いします。もう少しだけ、一緒にいてください――」

そう言うとエリシアは、自らアレクシスに口づけた。児戯にも近い拙《つたな》いキスだったが、彼には効果てきめんだったらしい。

その証拠に二人の間にあった彼自身が、びくくっと大きく反応を示した。

「す、すまない……。じゃあ……もう少しだけ、つき合ってくれ」


虫の声すら聞こえない深夜。

天蓋から下がる薄布の奥で、裸の男女が絡み合っていた。

「あっ、アレクシス様ぁ……！」

「っ……ふうっ……！」

ベッドの上であぐらをかいていたアレクシスは、向かい合わせに抱き上げていたエリシアの体を下から勢いよく突き上げる。正常位では届かなかった深い挿入に、エリシアはもう何度目から分からない絶頂を迎えた。

「あっ……！」

「エリシア……」

目の前で揺れるエリシアの双丘に、アレクシスはそっと手を伸ばす。ぷりんと美味《おい》しそうに熟した乳頭を見つめると、ねっとりと舌を這《は》わせるようにして口に含んだ。ちゅっ、ちゅっと高い音を立てながら吸い上げ、もう一方の乳首を指先で愛撫する。

エリシアは彼の銀髪を摑みながら、弱々しく抵抗した。

「もう胸、やだって言ったのにぃ……」

「すまない。でも君のここが、あまりに素晴らしくて……」

大きくて熱いアレクシスの手が、胸の曲線をするるっとなぞる。

「しっとりと手のひらに吸いつくすべらかな肌――」

「やぁっ……」

「指の間からはみ出るほどの柔らかさ、艶やかな張りと弾力、いつまでも触っていたくなる」

「もっ……そんなに揉まないで……」

「そして俺の口づけに、敏感に反応する可愛らしい乳首――」

「あっ……！」

ちゅうっ、と再び強く吸われ、エリシアはたまらずアレクシスの頭を掻き抱いた。双房が作り出すふわっふわの谷間に顔をうずめ、彼はなおも熱烈なキスを繰り返す。同時に下からの突き上げも再開され、エリシアはまたも歓を極めた。

「んっ、ああっ……！」

全身がとてつもない快感とかつてない疲労に襲われる。エリシアは繋《つな》がっている箇所を見るが、まだアレクシスのものは勃起したままだ。

（いったい……いつ終わるのでしょうか……）

二度目の正常位、後背位、口での奉仕、対面座位――とアレクシスにリードされながら色々と試してみたが、毎回エリシアが気を遣《や》るだけで、彼の昂《たか》ぶりはいっこうに収まらない。普段騎士として鍛えているせいか、体力も無尽蔵だ。

（このままでは気絶してしまいそう……）

するとぐったりしているエリシアに気づいたのか、アレクシスが抱きしめていた両腕をそっと緩めた。乱れた髪を整えてやりながら、エリシアに優しく話しかける。

「すまない。やはりもうやめておこうか」

「だ、大丈夫です！　まだ――」

「そうか？　なら……」

そう言うとアレクシスはエリシアの体を少し持ち上げ、あぐらを組んでいた自身の足を解いた。

そのまま下側へ投げ出すと、上体もヘッドボード側に倒して横たわる。エリシアは挿入された状態で、寝た彼の体を跨《また》がされていた。

「アレクシス様？　これは……」

「騎乗位だな。女性が優位に動ける体位だから、少しは負担が少ないかと思って」

「そ、そうなんですね……」

正直なところ、さっきから結合部がひくついて今にもイってしまいそうだ。だがエリシアはなんとか彼を鎮めるべく、ゆっくりと自身の腰を持ち上げた。

「っ、ん……！」

いやらしく絡み合っていた部分が、少しずつ引き抜かれる。エリシアのナカにあるひだひだがアレクシスの張り出したカリによってこそがれ、ぞくぞくっという性感をもたらした。達するのをなんとかこらえ、エリシアはもう一度慎重におしりを下ろしていく。

「はぅっ、あっ……おっきい……」

「っ……」

ずぷずぷとゆっくり呑み込まれていく男根を、アレクシスは興奮した様子で見つめていた。しかしあまりの緩慢さに耐え切れなくなったのか、早々にエリシアの横腹を摑む。

「すまない、エリシア……」

「えっ？　あんっ!!」

挿入途中だったペニスが、ずんっ、と音を立ててエリシアの体を貫いた。あまりの衝撃に一瞬で達してしまったのだが、アレクシスの攻撃はまだ終わらない。

「っ……ふっ……！」

「やっ、やだっ！　アレクシス様待ってあっ、あっ、あんっ……！」

新調したベッドがぎし、ぎしっと激しく軋《きし》み、その上にいる二人を容赦なく揺さぶる。

エリシアは少しでも絶頂を遅らせるべく、懸命に腰を浮かそうとした。

だがアレクシスはそれを許さず、結局無抵抗のままいくどとなく突き上げられる。彼のピストンに合わせて、エリシアの巨乳がぶるんぶるんと煽情的に上下した。

「エリシアっ……エリシアっ……！」

「もうだめ、やだっ、離して、あっ、ああっ！　んんっ、あああっ!!」

エリシアが絶叫した刹那《せつな》、二人の結合部付近から透明な液体がぷしゃっと噴き出した。それに気づいたエリシアは顔を真っ赤にして取り乱す。

「や、やだ、私っ……そんな……」

まさかこの歳《とし》で粗相を——と慌てて繋がりを解こうとする。

だがアレクシスは腰を支えていた力をいっそう強めると、そのまま剛直を突き上げ続けた。

「恥ずかしがることはない。これは、ふっ……！　潮だっ、んっ……！」

「あっ……！　し、しお……？　あっ……!!」

「んっ……女性がエクスタシーを迎えた時に……っ……出る、ものだ……。恥ずかしがらなくていい……ふぅっ、くっ……！」

「そ、そうなんで――あんっ、あっ、ああっ……！」

説明を受けている間も、エリシアはアレクシスにいいように喘がされてしまう。するとアレクシスが、揺れ動くエリシアの胸を下からわしづかみにした。

「きゃあっ⁉」

「いやらしい光景だな……」

中指で、こりこりと両方の乳首を同時に攻め立てられる。エリシアはなんとか離してもらおうと彼の腕を掴んだが、剣を扱う騎士の力を止めることなど出来るはずがなかった。たぱん、たぱんと音を立てて弾むおっぱいを見上げながら、アレクシスが恍惚《こうこつ》とつぶやく。

「いいな……」

「やっ……見ないでっ……」

やがてアレクシスはエリシアの胸から手を離すと、彼女の両手首をがしっと掴んだ。自身の腹のあたりに移動させると、そこでまとめて固定する。エリシアの胸は自身の腕によって左右からむぎゅっと寄せられる形となり、普段以上のボリュームとなった。

その状態で下半身に力を込めると、アレクシスは反動をつけて猛烈に腰を振りたくる。

「くっ……！　はっ……！　エリシアっ……‼」

「やっ！　やだぁ！　離して、あっ、出ちゃう、出ちゃううっ……‼」

突き上げるたびに目の前で巨乳が大きく揺れ、吸いついてほしそうな二つの乳首がアレクシスを誘惑した。むしゃぶりつきたくなるのをこらえ、その後も容赦なくエリシアを穿《うが》つ。エリシアは必死に上体を反らせたが、またも大量の潮をシーツにまき散らしてしまった。

「もう……許して……アレクシス様ぁ……」

「まだだ――」

ぶぽっ、ぶぽっと膣に入った空気が淫靡な音を吐き出し、これまでいちばんの絶頂を迎えたエリシアが上体を大きく反らす。大きな胸がぶるるんっと揺れたのを見た瞬間、アレクシスはエリシアの腰を強く押さえ、そのままずんっ、とペニスを突き入れた。

「あっ……あああああっ!!」

「っ……くっ……!」

どどどぴゅ、とまるで噴水のような白濁がエリシアの膣内に一気に流れ込む。

相当溜《た》まっていたのか、続けてどぷっ、ごぷっと波打つようにして残りの精液が放出された。

許容量を超えたそれらはエリシアの割れ目からたらたらとしたたり落ち、雄々しく反り立つアレクシスの肉棒にまとわりつく。

「はあっ……はあっ……はあ……」

残滓を注ぎ込むように、アレクシスはなおもかくかくとエリシアに下半身を押しつけた。

すると上にいたエリシアが突然、くたりとアレクシスにしなだれかかってくる。慌てて受け止めて顔を見ると、すうすうと穏やかな寝息を立てていた。

「エリシア……気絶したのか」

幸せそうに眠るエリシアを見つめ、アレクシスもまた微笑む。白い頬にちゅっと軽く口づけると、彼女を大切そうに抱きしめた。

「愛している……エリシア」

ぎし、とベッドが小さく軋む。

やがて薄布の奥から、二人分の小さな息遣いが聞こえてくるのだった。

◆　◆　◆

翌朝。エリシアはアレクシスの腕の中で目を覚ました。

天蓋から下がる布の向こうから、うっすらと朝日が差し込んでいる。

（私、昨日……）

そこで「はっ」と目を見張り、急いで隣で眠るアレクシスの方を見上げる。

銀の髪がわずかな光でキラキラと輝いており、伏せられた長い睫毛はまるで職人の手による銀細工のようだ。その整いすぎた相貌に目を奪われながら、エリシアはようやく実感する。

（アレクシス様と――）

やがて視線を感じたのか、アレクシスがぱち、と瞼《まぶた》を持ち上げた。宝石のように透き通ったブルーアイズが現れ、エリシアは思わずドキッとしてしまう。

「お、おはようございます、アレクシス様」

「エリシア……」

けだるげに応じたアレクシスだったが、その直後、ふにゃっとした可愛らしい笑顔をエリシアに向けた。『氷の騎士』の意外な一面に、エリシアの心臓がさらに音を立てる。娼館で朝を迎えた時は、こんな表情見せたことなかったのに。

「あの、そろそろ起きないと……」

「うん……」

だが彼は曖昧に答えるだけで、なおも毛布の中に留《とど》まろうとする。

しかたなく先に起きようとしたエリシアだったが、ふとアレクシスの手が自身の腰を撫でていることに気づいた。それだけで昨晩の行為を思い出してしまう。

「あの、アレクシス様？」

「ううん……」

するとその手がするするっと上側に移動してきた。逃げる間もなく両方のおっぱいをもにゅっと持ち上げられる。

「やだ、ちょっと――」

「んー……」

なんとか引き離そうとしたが、アレクシスは毛布の中に体を潜り込ませると、顔を近づけてちゅうっとエリシアの乳首に吸いついた。

そのままちゅぱ、ちゅぱっと嬉しそうに口を動かす。

「ア、アレクシス様、もうだめですっ、人が来ちゃ、あっ……んっ……！　やぁんっ……！」

性交時でないとはいえ、ぞくぞくとした官能にエリシアは身を捩らせる。一方アレクシスは半分夢の世界に足を突っ込んだまま、子どものようにそこを堪能していた。

こうして結局昼過ぎまで、二人はベッドから出て来られないのであった。

終章　氷の騎士が可愛いことを、私だけが知っている

二人が結婚してから二年後。王都には暖かい春が訪れていた。

王都のはずれにある石造りの小さな建物。その庭先でエリシアは洗濯物を運んでいる。

「いいお天気……」

洗い立てのシーツを干していると、建物の中から「あーん」と赤ちゃんの泣き声が聞こえてきた。

慌てて中に入ると、八歳になったミゲルが先にベビーベッドを覗《のぞ》いている。

「お姉様、ぼくが見てるから平気だよ」

「ありがとう、助かるわ」

騒動のあと、しばらくグレンヴィル領で両親と暮らしていたミゲルだったが、半年後、王都にある初等教育学校への入学を予定していた。そのため下宿を捜していたところ、アレクシスから「それならうちの部屋を使えばいい」と提案されたのだ。

話はすぐにまとまり、引っ越し作業が落ち着いてからはこうしてちょくちょくエリシアの手伝いをしてくれている。

やがてそこにミゲルと同い年くらいの金髪の男の子が現れ、本を片手に唇を尖《とが》らせた。

「ミゲル、今日はこの本を読んでくれる約束だろ？」

「あっ、忘れてた。ごめん、お姉様……」

「大丈夫よ。ほら、行ってらっしゃい」

「うん！」

ミゲルはにこっと微笑《ほほえ》むと、男の子と一緒に部屋を出て行く。それと入れ替わるようにして金髪の女性──以前、娼館で一緒に働いていたカミラが入ってきた。

「エリシア、これ今月の帳簿」

「ありがとうございます、カミラ先輩」

「いい加減、その先輩ってのやめてよね。ここじゃあんたの方が偉いんだし」

「別に偉いとかでは……」

「偉いでしょ。こんな──施設一つ作っちゃうんだから」

カミラがにやっと笑い、それを見たエリシアもまた嬉《うれ》しそうにはにかんだ。

◆◆◆

エリシアは結婚後、他の貴族たちから寄付を募り、ある施設を設立した。

それは──女性と子どものための保護預かり施設だ。

「ミゲルと二人で冬の街を歩いていた時、本当に怖かったんです。こんな時、身分も事情も関係なく、誰でも助けてもらえる場所があったらいいなって」

「まあ、あたしたちみたいなのはどこに行っても邪魔者扱いだしね」

「それに、小さい子どもがいると普通のお仕事では働けない……。そういう環境を、どうにかして変えたかったんです」

結婚後、アレクシスにそのことを伝えると彼はすぐに賛同してくれた。

騎士団の同僚であるレナードや、娼館でお世話になったシルヴィアも力を貸してくれたことで、予定よりも早く開園することが出来たのだ。

「でも驚きました。まさか先輩がうちに来てくださるなんて。お給料だって安いのに」

「言ったでしょ、お礼は絶対するって。……ていうかあたし、元々あの仕事合ってなかったんだと思うわ。成績いっつも最下位だったし」

「まあ、そうだったんですね」

「そーだよ。……それにここなら、子どもと一緒にいられるしね」

穏やかなカミラの微笑みを見て、エリシアもまた目を細める。

すると玄関先の門扉が開く音がし、しばらくしてアレクシスが顔を出した。どうやら騎士団の市街地巡回の途中らしい。

「エリシア、なにか変わったことはないか？」

「はい、おかげさまで。そうそう、あなたの部下の方がちょくちょく見に来ては遊んでくださるから、子どもたちが待ち遠しいみたいで」

「別に強制はしていないんだが……。まあ、今度礼がてら食事にでも行くか」

そう言うとアレクシスは、ベビーベッドで眠っている赤子を眺めた。カミラがそれを見て、そそくさと席を外す。

「そんじゃ、あとは親子三人水入らずで。最近忙しいからろくに話せてないでしょ」

「えっ？　でもまだ洗濯物が――」

「そんなの、あたしが代わりに干しといてあげるからさ」

じゃあねと言い残し、カミラは部屋を出て行ってしまった。残された二人は目を見合わせ、なんとなく恥ずかしくなって互いに顔をそむける。

「なんだか、ちょっと照れますね」

「あ、ああ……」

再びちらっと視線を交わし、二人はようやく笑い合った。やがてアレクシスが歩み寄り、エリシアをそっと抱き寄せる。

「久しぶりに、君にこうして触れた気がするな」

「すみません。最近バタバタしていて」

「仕事が楽しいのは結構だが、あまり無理はしないでくれ。……この子のためにも」

ベビーベッドに向けられたアレクシスの視線に、エリシアは「はい」と嬉しそうに目を細めた。

だがすぐに彼を見上げる。

「アレクシス様こそ、昨日も遅かったじゃないですか」

「今ちょうど、騎士団幹部の選定期間だからな。そういえば、父がこちらに戻って来る可能性が出てきた」

「本当ですか!?」

「ああ。本人的にはもう第一線に出る気はないようだが……孫の顔が見たいと悩んでいるらしい」

まあ、とエリシアは口元をほころばせる。やがて二人の間に甘い沈黙が流れ、アレクシスがエリシアの頬に手を伸ばした。

「エリシア――」

近づいてくるアレクシスの唇を、エリシアは目を瞑《つぶ》って受け止めようとする。

しかし口づけをする直前、二人の傍《そば》にあったベビーベッドから「ぎゃーっ!」という大きな泣き声が響き渡った。二人はすぐに体を離し、アレクシスが泣いた我が子を抱き上げる。

「すまない、起こしてしまったな」

「アレクシス様、まだ言っても分からないですよ」

「む、そうか」

神妙な顔で赤子を見つめるアレクシスを前に、エリシアはふふっと微笑んだ。ようやく泣き止《や》んだ我が子をベッドに戻したところでアレクシスが振り返る。

「邪魔をしたな。仕事に戻る」

「はい。気をつけて」

「ああ。……それで、なんだが――」

するとアレクシスはエリシアの元に歩み寄り、耳元でこそっと囁《ささや》いた。

「――実はレナードから『あの茶葉』を貰《もら》ったんだ」

「!!」

「君の今夜の予定は？」

まさかの確認に、エリシアは真っ赤になってうつむく。

「と、特に、ありませんけど……」

「――良かった」

ぞくっとするような美声が耳をくすぐり、エリシアは思わず顔を上げる。その一連の反応を眺めていたアレクシスが「ふっ」と楽しそうに笑った。

「俺も今日は早く帰る。乳母《うば》に預けたら、俺の部屋に」

「……っ!!」

そう言うとアレクシスはエリシアの顔に手を伸ばし、ちゅっと頬にキスを落とした。颯爽《さっそう》と去っていく後ろ姿を見つめながら、エリシアはあわわと両頬を手で押さえる。

(結婚しても、全然ドキドキが収まりません……!)

少しでも心を落ち着けようと、穏やかに眠る我が子を見つめる。

だがすぐに『茶葉』の効能と――それについての初夜のあれこれを鮮明に思い出してしまい、エリシアは頭から湯気を立ち上らせた。

第二子の誕生も、そう遠い日ではないかもしれない。

番外編

子どもたちには内緒です

結婚後、子どもが生まれてからしばらく経《た》った頃。

邸《やしき》に戻ってきたアレクシスを見て、エリシアは悲鳴を上げかけた。

「どっ……どうされたんですか、それ！」

「あーエリシアちゃん久しぶり。ま、驚くよねぇ」

「…………」

むっすりと不機嫌そうなアレクシスに代わり、隣で肩を貸していたレナードが苦笑する。

あらためて夫であるアレクシスの方を見ると、その足には立派な添え木が当てられており、動かないように包帯でガチガチに固定されていた。一カ月ほど前から騎士団の遠征で、国境付近まで赴いていたはずなのだが。

「実は任務中、こいつの部下がヘマしちゃってさ。それを庇《かば》った結果がこれ」

「そ、そうなんですね……」

「最初は一人で杖《つえ》ついて帰ろうとしてたんだけどさ。こいつの部下たちが心配して、送迎役を名乗り出まくるもんだから動けなくなってて。で、たまたま通りかかったオレが場を収めるためにこうして手を貸してやってるってわけ」

「お前、理由つけてうちに来たいだけだろ……」

「あれ、バレた？　だってラブラブしてるお前を見たいじゃーん」

げんなりした様子のアレクシスに向かってにやっと口角を上げると、レナードはエリシアの方に向き直った。

「軽い骨折だから添え木もすぐに外れるとは思うけど、とりあえず一カ月は自宅療養かな。そっから少しずつリハビリして――ああ、騎士団の仕事の方は心配しないで。こいつ、今まで全然休んでないし、いい機会だからしばらくダラダラさせてやってほしい」

「わ、分かりました」

「じゃーな。一カ月会えなかった分、イチャイチャしろよー！」

「とっとと帰れ！」

体格のいい男性使用人にアレクシスを預け、レナードは手をひらひらと振りながら玄関から出て行く。アレクシスはしばらくそちらの方を睨《にら》みつけていたが、自身の顔を片手で覆い隠すと、やや悲しそうにつぶやいた。

「君にだけは見られたくなかった……。こんな、情けない姿……」

「部下の方を庇ってついた傷なんですから！　名誉の負傷ですよ！」

「しかし……」

すると階下の騒ぎを聞きつけて、下宿中のミゲルが階段を下りてくる。

「アレクシスお兄様、大丈夫ですか!?」

「ミゲル。驚かせてすまない」

「いえ。大変なお仕事、お疲れさまでした」

近づいてきたミゲルの頭を撫《な》でながら、アレクシスが安堵《あんど》の表情を滲《にじ》ませる。なおも困惑しているエリシアの方に顔を向けると、申し訳なさそうに眉尻を下げた。

「君も。……ようやく会えて、ほっとしたよ」

「アレクシス様……」

「その……ただいま」

「……はい。おかえりなさいませ!」

そう言うとエリシアは、満面の笑みを浮かべるのだった。


その日の夜。

子どもを乳母《うば》に預け、エリシアは一人アレクシスの部屋へと向かっていた。その両手には銀製の盆があり、グレンヴィル領の名産であるオレンジで出来たお酒とお湯、そして温めたグラスが載っている。

コンコンとノックして部屋に入ると、中央に置かれた黒い天蓋付きベッドの上にアレクシスが上体を起こした状態で横たわっていた。

「失礼いたします。ナイト・キャップをお持ちしました」

「ああ、ありがとう」

ベッドの枕元に近づき、脇に置かれていた椅子に腰かける。盆の上でお酒を作って手渡すと、アレクシスが少しだけ驚いたように眉を上げた。

「温かい……それに初めて呑む酒だな」

「私の地元で造られている果実酒なんです。それにブランデーとハーブ、氷砂糖と卵黄を入れてお湯で割ったもので……。度数が強いので私は呑んだことがないんですが、体がすごく温まるので、疲れた時に父がよく作っていたのを思い出しまして」

「なるほど。たしかに効きそうだ」

グラスになみなみと注がれたそれに、アレクシスが少しずつ口をつける。立ち上る白い湯気を呼気でふうっと追い払ったあと、彼があらためてつぶやいた。

「すまないな。こんなことになって」

「とんでもない。アレクシス様が無事で帰ってきてくださっただけで十分です」

「しかし、この足のせいで君を部屋から追い出すような形に……」

「ふふ、気にしないでください」

彼の言葉を受け、エリシアは苦笑しながら昼間のベッド騒動を思い出す。

二人は結婚してからずっと、一つのベッドで寝起きしていた。

だが今回の骨折で同衾《どうきん》が出来なくなってしまったため、急遽《きゅうきょ》エリシアの部屋にベッドを用意することになったのだ。

「私なら、ソファでも良かったんですが」

「君をソファで寝かせるくらいなら俺が床で寝る。まあ、幸い客室にちょうどいいのがあったようだし、しばらくは別々に寝ることにしよう」

「はい」

特製の寝酒が入ったグラスを傾けたアレクシスを前に、エリシアが穏やかに微笑《ほほえ》む。だがそのまましばらく彼を見つめると、おずおずと少しだけベッドの方に近づいた。

「あの、アレクシス様」

「うん？」

「あらためて……ご無事で良かったです」

「ああ」

一カ月ぶりに目にするアレクシスは、なんだか以前よりずっと精悍《せいかん》に見えた。だが低くて優しいその声や、まとっている柔らかい雰囲気はそのままで――再会にはしゃいでいる自分を気取られぬよう、エリシアはこっそりと胸の奥だけで愛《いと》おしさを噛《か》みしめる。

するとそんな彼女に気づいたのか、アレクシスは空になったグラスをサイドボードに戻し、ベッドに置かれていたエリシアの手に自身の手を重ねた。

「遠征中、毎日君のことを考えていた。今頃、何をしているのだろう。元気でいるのだろうか、大変な思いはしていないか……。ようやく、想像ではない本物の君に触れられる」

「アレクシス様……」

甲に置かれていたアレクシスの手が動き、エリシアの指の股をすりすりとじらすように撫でる。それだけでぞくぞくとした気持ちよさを感じてしまい、エリシアはわずかに頬を染めながら、甘えるように彼の方に上体を傾けた。

「私も……ずっと祈っていました。アレクシス様がお怪我《けが》をされないようにと」

「……ありがとう」

「ちょっと、祈りの量が足りなかったようで申し訳ないのですが、でも……こうして帰ってきてくださって本当に嬉《うれ》しいです」

「エリシア……」

視線を少しだけ上げると、アレクシスの綺麗《きれい》な青い瞳とぶつかる。それを合図に、二人は流れるように互いの唇を重ね合わせた。

「んっ……」

アルコールとオレンジの香りがエリシアの鼻腔《びこう》を抜け、ちゅ、という水音がすぐ傍《そば》で響く。これだけで酔ってしまいそうな気持ちよさに溺れつつ、エリシアは体勢を崩さないよう、さらにアレクシスの方に体を寄せた。

骨折しているはずの彼もまた積極的で、すぐにエリシアの喉内《こうない》に舌を侵入させ始める。熱い欲望でうごめくそれを必死に受け止めていると、やがて彼の両腕が腰に伸びてきて、エリシアはそのままベッドへと引き込まれそうに――。

（あっ……）

だが次の瞬間、アレクシスが「……っ！」と息を呑んでぎこちなく硬直した。

それを見て、エリシアは慌てて彼から離れる。

「す、すみません！」

「いや、俺が下手に動いたせいだ。すまない」

「い、いえ……」

突如中断してしまったという気まずさがあり、二人はその場でしばらく沈黙した。やがてエリシアがそそくさとベッドから立ち上がる。

「お疲れでしょうし、そろそろ戻りますね。……おやすみなさい」

「……ああ。おやすみ」

エリシアは銀の盆を持ち、すぐさま廊下へと出た。

しかし扉に背中を付けると、真っ赤になって先ほどのキスを思い出す。

（ど、どうしましょう……）

アレクシスの体が万全ではないから、今日はそんな感じにならないと思っていたのに。

彼に触れられた途端、全身がぶわわっと熱を持ち、その体温を求めてしまった。あの腕に抱きしめられたい。もっと深く口づけしたい。肌を重ねて、そして――。

（わ、私、なんていやらしいことを……！）

必死に邪念を払おうとするが、お腹の奥でくすぶる熱がなかなか引いてくれない。

足の間できゅんきゅんと引きつくような欲望を抑えつつ、エリシアは逃げるようにアレクシスの部屋から立ち去るのだった。

◆◆◆

それから一週間後、騎士団から派遣された医師がアレクシスの邸を訪れた。

エリシアとミゲル、使用人たちが見守るなか、中年の男性医師はベッドに腰かけているアレクシスの足から包帯と添え木を外す。足首を持って左右にひねったり、足裏を摑《つか》んで前と後ろに傾けたりしたあと、「ふむ」とかけていた眼鏡を持ち上げた。

「しっかりくっついているようですな。もう固定する必要はないかと」

「良かった……」

「ただ、ご無理はなさらないように。以前のような日常生活を送って構いませんが、激しい運動は控えてください」

去っていく医師に深々と礼をしたあと、エリシアはアレクシスの方を振り返った。

「治ってよかったですね、アレクシス様」

「ああ。いい加減動かないと、体がなまってしまいそうだったからな」

さっそく絨毯《じゅうたん》に足をつき、アレクシスはゆっくりとベッドから立ち上がる。ぐぐっと大きく伸びをしたあと、あっさりと一歩を踏み出した。

「だ、大丈夫ですか？」

「ああ。この調子なら、予定より早く仕事に戻れそうだ」

「お兄様、庭に新しい鳥の巣が出来たから見に行こ！」

「そうだな、行こうか」

早く早く、とミゲルに引っ張られてアレクシスが部屋を出て行く。その後ろ姿を見て、エリシアはあらためてほっと胸をなでおろすのだった。


その日の夜。

我が子とミゲルにおやすみの挨拶をしたあと、二人はそろってアレクシスの部屋へと向かった。

天蓋から下がるカーテンをずらし、羊毛のガウンを着たアレクシスがベッドへ腰かける。

「やはり、添え木がないと楽だな」

「どうしても動きづらそうでしたからね」

エリシアも肩にかけていた羽織りものを近くの椅子に置き、ナイトドレス一枚になってベッドへと上がった。二人分の重さで寝台がぎしっと音を立てたところで、アレクシスがおもむろに咳払《せきばら》いする。

「ではその……寝るか」

「は、はい」

蠟燭《ろうそく》を消し、月明かりだけになった部屋で二人はようやく横たわった。

久しぶりの同衾、間近に感じられるアレクシスの体温と息遣いにドキドキしていると、やがて彼の片腕がするりとエリシアの腰に伸びてくる。同時に頬にも手が添えられ、暗闇の中、温かい唇が下りてきた。

「ん……」

「……っ、……」

エリシアもすぐに手を伸ばし、アレクシスの両頬に触れる。二人はわずかに口を開けると、これまで触れ合えなかった時間を取り戻すかのように舌先を絡め合わせた。くちゅ、くちゃと唾液が甘い音を立て、アレクシスの舌がエリシアの咥内を愛撫《あいぶ》する。

「アレクシス、さまぁ……」

「エリシア……」

必死に息を継いでいると、頬にあった彼の手がエリシアの胸へと滑り落ちてきた。シルクのナイトドレス越しにそっと揉《も》まれ、それだけでエリシアは強い快感を覚えてしまう。

「やんっ……！」

「あいかわらず、君のここは柔らかいな……」

アレクシスの大きな手に包まれ、たゆん、たゆんと何度も揺さぶられる。かと思えば硬く立ち上がった乳首を指先で探され、こりこりと服越しに撫でられた。エリシアはうつむき、彼の胸板を押し返すようにしてわずかに抵抗する。

「だ、だめです、まだ治ったばかりなのに」

「そうなのか？　……君も期待してくれていると思っていたんだが」

アレクシスはそう言うと、腰に置いていた手をエリシアの股の間に差し込んできた。下着は穿《は》いているものの、こちらもナイトドレス同様かなり薄手な生地のため、彼の太くて長い指をまったく防ぐことが出来ない。

「あっ、あっ！　もう、早いです、アレクシス様っ……」

「久しぶりだからな。しっかり慣らしておかないと君がつらいと思って」

いつの間にか下着は膝までずり下ろされ、アレクシスの中指がエリシアの秘裂を直接ゆっくりとなぞっていた。たまらず太ももを引き寄せたが、彼の手首を挟み込むだけで何の抵抗にもならない。

次第に割れ目から、とろりとした愛液が滲み出てきた。

「良かった。すぐに反応したな」

「っ……いやぁ……」

「それじゃ、ここはどうだ？」

アレクシスは手の角度を変え、今度はエリシアのクリトリスを撫で始めた。ぷっくりと膨らんだその部分を硬い指の腹で優しくしごき上げ、くり、くりと押し潰す。そのたびにずくん、ずくんという強い官能に襲われ、エリシアはたまらず腰をかくっと震わせた。

その反応を見たアレクシスが「はあっ」と欲を孕《はら》んだ息を吐き出す。

「一カ月、ずっとこうしたいと思っていた……。ドロドロになるような深いキスをして、柔らかいこの体に触れて、俺の手で気持ちよくなっている君を見て——」

「アレクシス様……」

「余裕がない男ですまない。でも、君があまりに可愛《かわい》くて……」

やがて仰向《あおむ》けに体勢を変えられ、アレクシスが上に乗ってきた。

エリシアもまた彼を受け入れようと、おずおずと両足を開く——だがそこでふと、今朝まで添え木があった部分に目が留まった。

「あの、足は本当に大丈夫ですか？」

「痛くはないと言っただろう？　心配しなくても、そこまで激しくするつもりは——」

「でも……」

本音を言えば、このままめちゃくちゃに愛されたい。

だが無理をさせて治癒が長引いてしまうのは、エリシアの本意ではなかった。出来ることなら、彼の足に負担をかけないようにしたいのだが——。

（……そうだわ！）

そこでエリシアは、はだけかけたナイトドレスを手繰《たぐ》り寄せながら上体を起こす。

「アレクシス様、よければ試してみたいことが……」

「……？」


数分後。ガウンを着たアレクシスはエリシアに膝枕される形でベッドに横たわっていた。顔のすぐそばに迫る彼女の乳房を意識しつつ、やや不安そうにエリシアを見上げる。

「エリシア、これはいったい……」

「その、昔働いていた時に、こうしたやり方があると教えていただきまして……」

そう言うとエリシアは、アレクシスの下半身へと手を伸ばした。

「ハンドジョブといって、手で男性のものを刺激する方法なんですが」

「それは分かるが、この体勢は……」

「まだ足の怪我が治ったばかりですし、まずはこうした形で様子を見た方がいいのかな、と思いまして」

「…………」

エリシアの提案に、アレクシスは最初やや不満そうにしていた。だが膝枕された状態での愛撫に興味が出てきたのか、それ以上の反論を止《や》めてあっさりと受け入れる。

「まあ、無理はするなと医者からも言われたしな」

「は、はい！」

ではさっそく、とばかりにエリシアは彼のガウンの合わせ目を開くと、奥にあった下着を指先でずり下ろした。そこには半勃《はんだ》ち状態になった雄々しいペニスがあり、エリシアはそろそろと慎重にそこを握る。

（あったかい……）

一カ月ぶりに触れる彼の男性器はあいかわらず立派で、今はむわっとした熱を持っている。

エリシアはアレクシスの下着を彼の太もも辺りにまで下ろすと、露出したそこをゆっくりと丁寧にしごいた。つるつるするような、しっとりしたような不思議な手触りだ。二、三度往復したところで、アレクシスが堪《こら》えるように息を吐き出した。

「つ……！」

「い、痛いですか!?」

「いや……むしろ意識が飛びそうなほど、気持ちいい……」

「……！」

みるみるうちに勃起し、エリシアの手の中で硬く張り詰める。アレクシスの頬もどんどん上気していき、快感をこらえるかのように歯を食いしばっていた。それを見たエリシアはなぜかきゅんとしてしまい、手にいっそう力を込める。

「っ……！　だめだ、そんなことをしたらっ……」

「いっぱい溜《た》まっていたんですね。全部出して大丈夫ですよ」

「エリシアっ……んっ、あっ……！」

陰茎海綿体にみるみる血液が集まってくる。あと少し、と娼婦の先輩から聞いた知識をもとにエリシアが睾丸《こうがん》の奥側に触れると、アレクシスはついにびくんと大きく腰を跳ねさせた。手玉に取られて恥ずかしかったのか、すぐに恨みがましい目でエリシアを見つめる。

「君はっ……いったいどこで、こんなやり方を……」

「ご、ごめんなさい！　男性が触られて、気持ちのいい部位だと教わりまして」

「……っ！」

するとアレクシスが反撃とばかりに、エリシアが着ているナイトドレスの胸元に手を伸ばしてきた。ぐいっと左右に引っ張られたかと思うと、ふるん、と巨大な乳房がまろび出る。子を産んだあとでも変わらない真珠のような肌だ。

「きゃっ！」

「やられっぱなしは性に合わないな」

「やっ、アレクシス様、そんなに触っちゃ――」

エリシアの制止を無視し、ぷっくりと膨らんだ乳頭をアレクシスが親指の腹で撫でる。するとその部分から白い液体がぬちっと滲み出してきた。驚いたように瞬《まばた》く彼を見て、エリシアは慌てて両腕で胸元を隠す。

「こっ、これはあの、本物ですから！　変なお薬のじゃなくて――」

「変な薬……」

かつてのあれこれを思い出したのか、アレクシスはようやく「はっ」と目を見張った。わずかに頬を染めると、あらためてエリシアの胸を凝視する。

「まあ……それはそうか。産んでからさほど経っていないわけだし……」

「今はほとんど乳母の方にあげてもらっているので、本当ならもう出なくなっていてもおかしくないんですが、どういうわけか止まるのが遅くて……。量はそれほど多くないので、困っているわけではないのですが」

「ふむ……」

するとアレクシスは隙間から手を差し入れ、やわやわとエリシアの双丘を揉みしだき始めた。あっさりと両腕を外され、豊かなおっぱいが再度彼の眼前に晒《さら》される。アレクシスはぐっ、ぐっとまるで絞り出すような動きをしたあと、母乳で濡れた突起をちろ、と舌で舐《な》めた。

それだけでエリシアは「んっ」と小さく声を漏らしてしまう。

「あの、もう……」

「………」

彼のこめかみあたりをそっと指先で撫で、解放してくれるように言外におねだりする。

だがアレクシスは先端から溢《あふ》れてくる母乳を見つめたかと思うと、おもむろに体を起こし――ぱく、とその赤く熟れた乳頭に吸いついた。

「アレクシス様!?」

「どうした？」

「だ、だって、こんなの……」

「やられっぱなしは性に合わないと言っただろう？」

「で、でも――あんっ！」

咥《くわ》えられているのとは逆の乳首に手が伸びてきて、くっ、くいっと優しく引っ張られる。そちらからも母乳が絞り出され、アレクシスはそれらを零《こぼ》さないよう丁寧に指の腹で拭き取った。真っ赤な舌をエリシアの胸の谷間に這《は》わせながら、意地悪く見上げてくる。

「ほら、手が止まっているぞ」

「うー……」

続きを促されたエリシアは恥ずかしがりながらも、アレクシスの後頭部に手を添えた。

子どものためのものをこんな形で使うなんて――という罪悪感が頭をよぎったが、よくよく考えてみれば彼がこんなに甘えてくることは珍しい。きっと、長い間触れ合えなかった反動が出ているのだろう。そう考えると、ちょっと許せてしまうから不思議だ。

「もう……今日だけですよ」

くすっと微笑むとエリシアはアレクシスに体を寄せ、手による愛撫を再開した。

しばらく放置していたというのに男根は絶えず雄々しく立ち上がっており、亀頭からは透明な我慢汁がつうっと一筋垂れている。親指の腹でその鈴口をなぞりつつ、エリシアはぐ、ぐっと彼自身を強く擦《こす》り上げた。

またもアレクシスの腰が動き、乳首を咥えていた口が離れる。

「んっ……！」

「あら、もういいんですか？」

「ちがっ……あっ！」

アレクシスは懸命に吸いつこうとするが、そのたびにエリシアが男根をしごくので上手《うま》く体勢が取れないようだ。だがそれすら興奮に繋《つな》がっているらしく、アレクシスのそこは限界を感じるほど張り詰めていた。

それを見たエリシアは、先輩が使っていたという台詞《せりふ》を思い出し、そのまま口にする。

「おっぱい飲んで赤ちゃんみたいなのに、ここはしっかり大人なんですね」

「――っ！」

こう言うと男は喜ぶのよ、という先輩の言葉を信じ、エリシアはアレクシスの髪を優しく撫でた。効果はてきめんだったらしく、彼の先走りにうっすらと白いものが混じり始める。それを見たエリシアは彼を絶頂に導くため、もっと手に力を込めた。

「アレクシス様……」

「んっ……あっ、エリシアっ……！　んっ……んんっ……！」

頭を抱き寄せると、彼はエリシアの乳房に埋もれるようにして乳頭を吸い上げた。

ちゅぱ、ちゅぱっと必死な音を立てる一方で、股間の一物がはち切れんばかりに膨張していく。

やがて下半身をかくっ、かくっとまるで疑似挿入しているかのように揺らし始めたかと思うと、直後びく、びくくっと腰を打ち震わせた。

「――っ、あふっ……」

情けない声とともに、アレクシスの亀頭からぶぴゅるっと濃厚な精液が飛び出す。一度では吐き切れなかったのか、その後もぶびゅ、ぶぴゅっと脈打つそれをエリシアがしばらく握りしめていると、アレクシスがようやく胸から顔を上げた。

形のいい唇からは母乳の残滓《ざんし》が一筋零れており、下半身には独特の匂いがする精液が飛び散っている。はだけたガウン姿で息を荒らげている様はあまりにも妖艶で、男性だというのにエリシアは思わずドキドキしてしまった。

「すまない、その……あなたの手を汚してしまった……」

「だ、大丈夫です！　気持ちよくなっていただけたのなら――」

白濁にまみれた手をタオルで拭いてもらいながら、エリシアは照れたようにはにかむ。

するとアレクシスがぐいっと体を寄せてきて、あっという間にエリシアをベッドに組み敷いた。

いきなり天地がひっくり返り、エリシアはぱちぱちと瞬く。

「あの、アレクシス様？」

「俺だけ気持ちよくなるなんて、不公平だろう？」

「そ、そんなこと――」

ナイトドレスをあっという間に剝《は》ぎ取られ、唯一の守りであった下着もすばやく抜き取られる。

着ていたガウンをベッドの下に落とすと、アレクシスもまた自身の下着を脱ぎ去った。

「ま、待ってください！　無理はしないという約束で」

「もう治ったと医者も言っていたが？」

「でもっ……」

「……………」

なおも心配するエリシアを見下ろしながら、アレクシスはしばし逡巡《しゅんじゅん》する。

やがてエリシアの両脇に手を差し込むと、まるで猫の子でも持ち上げるようにひょいっと抱き上げた。またも視界が変わり、エリシアは目を白黒させる。

「あ、あのっ!?」

「要は、俺の足に負担をかけなければいいんだろう？」

「それはそうですけど――きゃっ!?」

するとアレクシスはベッドの上で胡座《あぐら》をかき、その上にエリシアの体を移動させた。天を衝《つ》く彼の怒張――それを両足の間に挟み込むような形で下ろされてしまい、エリシアは必死になって腰を高く上げる。

「だ、だめです！　こんな……」

「どうして？」

「だって下からなんて――あんっ！」

抵抗も虚しく、くちゅ、とエリシアの蜜口とアレクシスの亀頭が口づけ、精液で濡れた先端がぬりゅぬりゅと呑み込まれた。一カ月ぶりだというのにエリシアのナカは彼の形を覚えており、スムーズに挿入が進んでいく。

「あっ、だめっ、そんな、やあっ！」

「君のここは、随分待ちわびていたみたいだが？」

先ほどいいようにあしらわれた鬱憤を晴らすかのように、アレクシスが耳元でぼそっと囁《ささや》く。その色気を含んだ呼気だけで感じてしまい、エリシアは下腹部の奥をきゅんとひくつかせた。

その間にも彼の男根が膣壁《ちつへき》をなぞっていき、やがていちばん奥に到達する。

「つ……久しぶりなせいか、きついな……」

「アレクシス様、待って、待ってください、私まだ――」

このまま無防備にやられてはたまらないと、エリシアは足を突っ張るようにして腰を浮かす。

だがアレクシスはエリシアの両腰を掴むと、ずん、と容赦なく下から突き上げた。

「あっ……！　ま、待ってて、言ったのにいっ……！」

「すまない、もう待てないっ……！」

硬い先端がぐりぐりと子宮の入り口を押し潰し、エリシアは白い喉を天に晒してのけぞる。体勢が崩れたせいで体重を彼に預ける形となり、繋がりが一気に深くなった。

それを直《じか》に感じ取ったアレクシスは、自身の腰を斜め上に激しく打ち付ける。

「ふっ……！　っ……！」

「あっ！　アレクシス様、激しすぎて、あっ、やっ、やああっ！」

「っ……止まらなっ……！」

次の瞬間、エリシアのお腹の奥でぐちゅるっという水音が弾《はじ》けた。股の間からどろりとした何かが零れ落ちてきて、彼が吐精したのだとぼんやり理解する。はあ、はあ、とエリシアが呼吸を落ち着けていると、アレクシスが少しだけ申し訳なさそうに発した。

「す、すまない。また……」

「い、いえ……」

予想外の早さだったが、きっとこれで落ち着くはず――とエリシアは安堵する。

しかし膣内を押し広げる異物感はまったく減っておらず、おそるおそる自身の太ももを引き寄せた。するとナカにあった男根を締め付けてしまい、アレクシスが「うっ」とうめく。

「あの、アレクシス様……？」

「……仕方ないだろう。一カ月ぶりなんだから……」

ちょっとすねたような言い方が可愛く、エリシアは思わず「ふふっ」と笑ってしまった。アレクシスがむっとした顔をし、エリシアの腰に置いていた手に力を込める。

「まだ余裕そうだな。じゃあ――」

「えっ？　あっ⁉」

アレクシスの片手がするりと横腹を撫で上げ、そのままむき出しのおっぱいをわしづかみにする。そのまま持ち上げたかと思うと、大きく口を開いてピンク色の乳首を口に含んだ。またも始まる微弱な刺激にエリシアは弱々しく抵抗する。

「だ、だめです！　まだ下が――」

「下がどうした？」

先端を舌先で愛撫しながら、繋がったままのそこをアレクシスが再びゆっくりと攻め始めた。巧みに腰を揺らし、円を描くようにねっとりとエリシアの内壁を味わう。先ほどの訳が分からなくなってしまうような激しいピストンも良かったが、愛液を潤滑油にして互いの性器をこね合わせるような性交もまた、背筋がぞくぞくするほど気持ち良かった。

「あっ、あっ……！　アレクシス様、だめです、んっ……！　あっ……んんっ……‼」

「気づいているか？　君の腰も動いているぞ」

「んっ……だって、あっ……！」

「心配しなくても、すぐに奥を突いてやる。――ほら」

「あっ、ひゃぁんっ!!」

ゆるゆるとした腰遣いから一転、ガチガチの剛直がエリシアの最奥に突き刺さった。

目の前にチカチカっと星が舞い、エリシアは痙攣《けいれん》したかのようにびく、びくっと全身を震わせる。

するとアレクシスはエリシアの腰を片手で押さえつけたまま、自身の亀頭で子宮口の近くをぐりぐりっとこね回した。

「どうやらイったようだな」

「あ、あっ……！」

「悪いが、もう少しだけ付き合ってくれ」

そう言うとアレクシスはちゅうっと母乳を強く吸い上げ、ベッドのスプリングを利用してぎしっぎしっと腰を上下させ始めた。絶頂できつく締まっていたエリシアの膣はあっという間に突き広げられ、また新しい疼《うず》きが生まれ始める。

「アレクシス様っ、だめっ、また、イっちゃうっ……！」

「ああ、好きなだけイくといい」

「やっ、あっ、ああんっ!!」

エリシアは彼の両肩に手を置き、体をくねらせて快感から逃げようとする。一方アレクシスは熟れたエリシアの乳首を咥えたまま、もう一方の先端を指先でこりこりと愛撫していた。胸と膣、二カ所を同時に攻められてエリシアはすぐ達しそうになる。

「もうやめて、あっ、ひあっ、あっ、んんんっ……！」

なんとかしてアレクシスを引き離そうと、エリシアは懸命に彼の頭を押し返す。

だがアレクシスはすべすべとした二つの膨らみに夢中になっており、いっこうに吸いつきを止めそうにない。引き剝がすどころか、傍《はた》から見れば彼の頭を抱きしめるような形になってしまい、エリシアは涙目になった。

（は、恥ずかしいです……！）

丸めた唇で母乳を吸い出される甘い羞恥と、指先で乳首をいじられる強い刺激。そして股の間を幾度となく穿《うが》ってくる男根の激しさに、いよいよエリシアの意識は上り詰め――。

「っ……あああっ……!!」

絶頂で下腹部がきゅうっと締まり、アレクシス自身の形をはっきりと体の内側で感じ取る。

蕩《とろ》けてしまいそうな肉棒の熱さとその奥にある硬さを嚙みしめるかのように、エリシアは両足を交差させ、ぎゅううっとアレクシスの腰に抱きついた。突然繫がりが深くなり、アレクシスはぐっと眉根を寄せて歯を食いしばる。

「ぐっ……!!」

吐精をこらえ、エリシアからの抱擁を満喫した後、ようやく律動を再開する。

「ッ……エリシア、エリシアっ……！」

ぐったりと弛緩した彼女を支えながら、アレクシスは無心で腰を振りたくる。

ぶちょ、ぶぽっという音とともにエリシアのナカに残っていた精液がしたたり落ち、二人の接合をいっそう滑らかにした。同時に尻の下にあるシーツを色濃く染め上げる。

「っ……出るっ……！」

ずこっ、ずこっと大振りに腰を突き上げていたアレクシスだったが、いよいよ限界を感じたところでエリシアの最奥にぐぐっとペニスを押し入れた。直後、びゅるるる、びゅっ、びゅーっと大量の白濁が鈴口から発射される。

「――っ、はああっ……！」

下半身をベッドから浮かせ、それらを一滴も零さぬようにアレクシスはエリシアの秘裂に蓋をした。同時に、一気に解放された精の心地よさに一人陶酔する。

「はあっ……はあっ……、はあっ……」

残滓をすべて注ぎ込むようにぶるるっと腰を震わせたあと、彼女のナカに入ったまま、アレクシスは汗で額に貼り付いた前髪を乱雑に掻き上げた。そこでふと、自身の腹や太ももに飛び散った乳白色の水滴に気づく。

「これは……」

どうやら激しいピストンで母乳が零れてしまったらしく、エリシアの乳頭から白い雫《しずく》がたらりと垂れていた。その光景を目にしたアレクシスは、愛おしむように自身の舌先をピンクの先端に伸ばす。ちろっと舌先で舐めると、心なしか甘い気がした。

「ふう……」

息を吐き出し、慎重に彼女の体を持ち上げる。結合部の隙間から、一カ月分溜めに溜めた濃い精液がどろろっと溢れ落ち、アレクシスのペニスに絡みついた。

「我ながら……手加減が利かなかったな」

オーガズムによって気絶したエリシアを、アレクシスは労《いた》わるように抱きしめる。だが彼女の胸や腹、太ももに白濁の液体が飛び散っているのを見た途端、すぐに股間に熱が集まり始めた。さっきあれほど出したというのに。

「……まあ、足に負担をかけなければ大丈夫だろう」

だらんとした彼女の両腕を自身の首に絡ませ、両足も同様に自身の腰に回させる。

互いの性器はすでにみっちりとはまっており、アレクシスは大きくて真っ白なエリシアのおっぱいに顔をうずめながら、心から幸せそうにつぶやいた。

「エリシア……」

そのまま彼女の背中に腕を回し、ぬこ、ぬこっと少しずつ腰を動かしていく。エリシアの膣肉に竿全体を絞られつつ、アレクシスは恍惚《こうこつ》とした表情でその豊かな乳房を揉みしだき始めた。彼女が起きていたら、きっとしこたま叱られただろうが。

「はあ……たまらない……」

顔を包み込む乳房の柔らかさで、幸福感と性欲が同時に高まっていく。

こうしてアレクシスは一カ月我慢したご褒美を、一晩中あますところなく堪能したという。

◆　◆　◆

翌朝。エリシアがベッドで目を覚ますと、腕の中にアレクシスがいた。

どういうわけか、胸の谷間に深々と顔をうずめている。

「……？　……!?」

最後に達した以降の記憶がなく、エリシアは慌てて起き上がろうとする。するとアレクシスも覚醒したのか、引き留めるかのようにベッドの中でぎゅっと抱きしめられた。

「ア、アレクシス様？」

「おはよう。体は大丈夫か？」

「は、はい。あの、それよりアレクシス様の足は――」

だがこちらの心配に応じるより早く、アレクシスは顔を傾け、自身の目の前にあったエリシアの乳首をちゅっと口に含んだ。昨夜、何度も繰り返された行為を思い出し、エリシアは羞恥に頬を染めながら必死に彼の両肩を押し返す。

「そっ、そこはもう、昨日十分に吸ったじゃないですか！」

「何度でも味わいたいんだ。だめか？」

「だ……だめじゃないですけど、でも……あっ、手で触るのは、んっ！」

すぐにもう一方の乳首を指先でこねられ、エリシアはたまらず身を捩《よじ》る。アレクシスはそんな彼女をより強く抱きすくめながら、くすくすと楽しそうに笑った。

「君が可愛い反応をするから、また勃ってしまった」

「勃っ……!?」

その瞬間、熱を持った硬い何かがエリシアの内ももに当たった。もはや覚えしかないそれの正体に赤面していると、アレクシスがゆっくりと上体を起こし、エリシアの体を組み敷く。ずっしりとした筋肉の重みが、『氷の騎士』としての彼の努力を物語っていた。

「悪いが、今日は一日中付き合ってもらうぞ」

「そ、そんな……」

いやーっというエリシアの悲鳴と、ベッドの木枠が軋《きし》んだぎしっという音が響く。

朝日を受けてうっすらと透ける天蓋カーテンの向こう側で、二人分の毛布の塊がまたも激しく動き始めるのだった。

◆　◆　◆

その日の夕食。

テーブルの向かいに座っていたミゲルが、無邪気な瞳でエリシアに尋ねた。

「お姉様たち、お体は大丈夫？」

「えっ？」

「遊びに行こうとしたら、二人ともずっとお部屋で寝てるからダメって言われて……」

「だ、だだ、大丈夫よ!!　明日はいっぱい遊びましょうね！」

「ほんと!?　やったー！」

「ええ！」

（アレクシス様、やりすぎです！）

非難めいた目で、エリシアは隣にいるアレクシスをじいっと見つめる。一方、ミゲルに心配をかけた張本人は、素知らぬ顔でしれっと食中酒を傾けているのだった。


（了）

あとがき

このたびは「氷の騎士がベッドの上では可愛いことを私だけが知っている」をお手に取ってくださりありがとうございます！

あとがきのネタを捜すため、執筆前のメモを見返していたのですが、作品のテーマに『巨乳母性美人に負ける堅物イケメン騎士』と書かれていました。もう少しオブラートに包んだ言い方はなかったのでしょうか。

ともあれテーマに偽りなきよう、「巨乳」を生かしたプレイを全力で書かせていただきました。楽しんでいただけたら嬉しいです。ちなみに授乳プレイは絶対書くと決めてました。満足です。

それぞれのキャラクターですが、ヒロインのエリシアは比較的すんなり思いついた子でした。黒髪で真面目でおっとりしていて家族思いで、書いている私も「いい子だね……」と思った記憶があります。

対してヒーローのアレクシスは本当に最後まで難産な子でした。

書き始めた頃はもっとぶっきらぼうな感じだったのですが、エリシアと話しているうちにどんどん口調が軟化してしまい……。勃〇不〇で悩んでいると同僚に勘違いされたり、ヒロインと話すのが怖くて街中で逃げ出してしまったりと、意外と面白い奴だったんだな……と思った覚えがあります。

個人的には娼館の女主人・シルヴィアがとてもお気に入りです。スタイル抜群の美魔女。キセルに毛皮のコート。きっと若い頃もめちゃくちゃ美人だったんだろうなと思います。あ、デザインだけならトカゲの彼も好きです。


そういえば書籍化にあたり、書き下ろしを書かせていただきました！

何を書こうかすごく悩んだのですが、とりあえず結婚後の二人、そして絶対「手〇キ〇乳」をするのだ！　と息巻いていたので多分そんな感じに仕上がっています。本編より先にこっちを読んでいる方はごめんなさい。あっ引かないで本閉じないで。

そもそもプロット時点でも「〇コ〇授〇」をしたいと考えていたのですが、本編内にどうしても入れられず、泣く泣くカットした経緯がありました。そのためこうした機会をいただけて本当に嬉しいです。

ところで、ここまでの全然隠れていない伏字はＫＡＤＯＫＡＷＡ的に大丈夫なのでしょうか。大丈夫だと信じて今書いています。応援してください。

終わりになりましたが、素晴らしい表紙&挿絵を描いてくださった藤浪まり先生、本当にありがとうございます！　エリシアの白い肌と素晴らしい胸がとても眼福でした。

またなによりも、こうして手に取ってくださったあなたに最大級の感謝を捧げつつ。

ちなみに同じeロマンスロイヤルさまより「噂の不能公爵が、実は絶倫でした。婚約したら一晩中溺愛だなんて聞いていません！」「黒王子は私にだけ厳しい？　異世界の聖女に選ばれたら、美形王子様たちから溺愛されるようになりました！」という作品も発売中です。

どちらも一冊完結、コミカライズもありますのでこちらの二作品も手に取っていただけると嬉しいです！

いつかまたどこかで、あなたとお会い出来ますように。

もっと面白くて、笑ってもらえる作品が書けるようこれからも精進してまいります。

nori.

eロマンス ロイヤル

本書は「ムーンライトノベルズ」(https://mnlt.syosetu.com/top/top/)に
掲載していたものを加筆・改稿したものです。
この作品はフィクションです。実在の人物・団体・事件などにはいっさい関係ありません。

●ファンレターの宛先
〒102-8177　東京都千代田区富士見 2-13-3　株式会社KADOKAWA　eロマンスロイヤル編集部

氷《こおり》の騎士《きし》がベッドの上《うえ》では可愛《かわい》いことを私《わたし》だけが知《し》っている

著／nori.
イラスト／藤浪《ふじなみ》まり

2025年2月28日　初刷発行

発行者　山下直久
発行　株式会社KADOKAWA
〒102-8177　東京都千代田区富士見2-13-3
(ナビダイヤル) 0570-002-301
デザイン　Office Spine
印刷・製本　TOPPANクロレ株式会社

●お問い合わせ
https://www.kadokawa.co.jp/ (「お問い合わせ」へお進みください)
※内容によっては、お答えできない場合があります。
※サポートは日本国内のみとさせていただきます。
※Japanese text only

ISBN978-4-04-738261-9　C0093　©nori. 2025　Printed in Japan
定価はカバーに表示してあります。